Queridos amigos y amigas roedores, bienvenidos al mundo de

TENEBROSA TENEBRAX

¡OS PRESENTO A LA FAMILIA TENEBRAX!
Escalofriosa
Sobrina preferida de Tenebrosa.
Tenebrosa Tenebrax
Periodista del Valle Misterioso, resuelve misterios con Nosferatu, su inseparable murciélago doméstico.
Nosferatu
Abuelo Ratonquenstein
Científico despistado, experto en momias egipcias.
Abuela Cripta
Apasionada de las arañas, posee una tarántula gigante llamada Dolores.
Ñic y Ñac
Gemelos latosos, expertos en informática.
Kafka
Cucaracha doméstica de la Familia Tenebrax.

Fantasma que mora en el Castillo de la Calavera.

Mayordomo de la Familia Tenebrax. Esnob de los pies hasta la punta de los bigotes.

Adoptado con amor por la Familia Tenebrax.

Ama de llaves de la familia. En su moño cardado anida el canario licántropo.

Cocinero del Castillo de la Calavera, sueña con patentar el «Estofado del señor Giuseppe».

Papá de Tenebrosa, dirige la empresa de pompas fúnebres «Entierros Ratónicos».

Planta carnívora de guardia.

Geronimo Stilton

EL TENEBROSO LIBRO DE LOS MONSTRUOS

DESTINO

Textos de Geronimo Stilton
Inspirado en una idea original de Elisabetta Dami
Cubierta de Giuseppe Ferrario *(lápiz y tinta china)* y Giulia Zaffaroni *(color)*
Ilustraciones interiores de Ivan Bigarella *(lápiz)*, Antonio Campo *(tinta china)* y Daria Cerchi *(color)*
Ilustraciones de «La monstruoguía del Valle Hórrido» de Ivan Bigarella *(lápiz)*, Antonio Campo *(lápiz y tinta china)* y Daria Cerchi *(color)*
Mapa: Archivo Piemme
Diseño gráfico de Yuko Egusa

Título original: *Il tenebroso libro dei mostrilli*

Destino Infantil & Juvenil
infoinfantilyjuvenil@planeta.es
www.planetadelibrosinfantilyjuvenil.com
www.planetadelibros.com
Editado por Editorial Planeta, S. A.

Primera edición: septiembre de 2014
ISBN: 978-84-08-13191-5
Depósito legal: B. 15.184-2014
Impresión y encuadernación: Unigraf, S. L.
Impreso en España - Printed in Spain

El papel utilizado para la impresión de este libro es cien por cien libre de cloro y está calificado como **papel ecológico**.

UNA AVENTURA INCREÍBLE

—¡Por fin he terminado! Este **NÚMERO ESPECIAL** es muy, pero que muy especial. Tras guardar las últimas correcciones, apagué el ORDENADOR, sonreí y me apoyé en el respaldo de la silla. No hay nada mejor que acabar el día satisfecho con el **TRABAJO** realizado.

Pero perdonad, aún no me he presentado. Mi nombre es Stilton, *Geronimo Stilton*, y dirijo *El Eco del Roedor*, el periódico más famoso de la Isla de los Ratones.

Había sido un día **frenético**, sin un minuto de reposo. Había corregido, revisado y releído

un **NÚMERO ESPECIAL** del periódico, titulado: «Los lugares más remotos de la Isla de los Ratones».

¡Y al fin estaba listo para la IMPRENTA!

Miré el reloj: las 16.59.

Al cabo de un minuto, Benjamín y su **amiga** Pandora llamarían a la puerta de mi despacho y…

¡TOC! ¡TOC! ¡TOC!

¡Ahí estaban!

Mi sobrinito favorito abrió la puerta con una sonrisa:

—**¿Estás listo, tío Geronimo?**

¿Recuerdas nuestra cita?

Le devolví la SONRISA con entusiasmo.

—¡Pues claro! ¿Cómo iba a OLVIDAR que había quedado con vosotros?

Salimos de *El Eco del Roedor* y nos dirigimos hacia el Cine Rateon, donde ponían una PELÍCULA de aventuras protagonizada por el célebre actor James Rodean: «Pirratas al abordaje».

—¿Cómo os ha ido hoy en el colegio? —pregunté, mientras cruzábamos la plaza de la Piedra Cantarina.

Pero Benjamín y Pandora no pudieron contestar, porque…

¡PATAPLÁS!

Me cayó un paquete en la cabeza.

¡Atrápalo al vuelo!
¡Ay!

—¡Ay! ¡Qué golpe! —chillé, mirando hacia arriba. Apenas tuve tiempo de VER a un murciélago que volaba alto, muy alto, se reía y me decía adiós con un ala.

—Debería haberlo imaginado —murmuré, masajeándome el chichón.

Era Nosferatu, el murciélago doméstico de Tenebrosa Tenebrax, la amiga más rara que tengo.

Entretanto, mi sobrino Benjamín y Pandora habían ABIERTO el paquete.

Dentro había una carta, un álbum de fotografías y un cuaderno. Reconocí al instante la letra de Tenebrosa.

La carta decía:

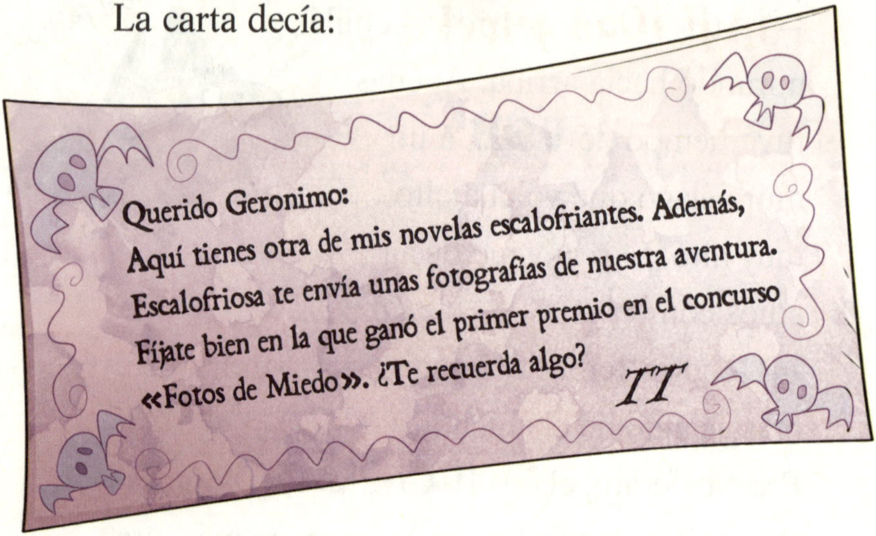

Querido Geronimo:

Aquí tienes otra de mis novelas escalofriantes. Además, Escalofriosa te envía unas fotografías de nuestra aventura. Fíjate bien en la que ganó el primer premio en el concurso «Fotos de Miedo». ¿Te recuerda algo?

TT

¡Por mil quesos de bola! Claro que me recordaba algo. Un escalofrío de temor me recorrió la cola.

En la foto, aparecía yo… ejem… volando sobre un lago FANGOSO.

—Pero ¡si estás volando! —exclamó mi sobrinito Benjamín.

—¿Cómo lo hiciste? ¡Cuéntanoslo todo! —le hizo ECO Pandora, llena de curiosidad.

Aún faltaba un rato para que empezara la PELÍCULA, así que dije:

—Es una de las aventuras más increíbles que he vivido. ¿Os gustaría escucharla mientras coméis un exquisito **helado de queso de cabra**?

Nos sentamos a la mesa de una heladería y abrí el CUADERNO de Tenebrosa.

—¿Cómo se titula el libro? —preguntaron al unísono Benjamín y Pandora.

Al ver la primera página del relato, me **zumbaron los bigotes** de miedo. Luego respiré hondo y respondí, empezando a leer…

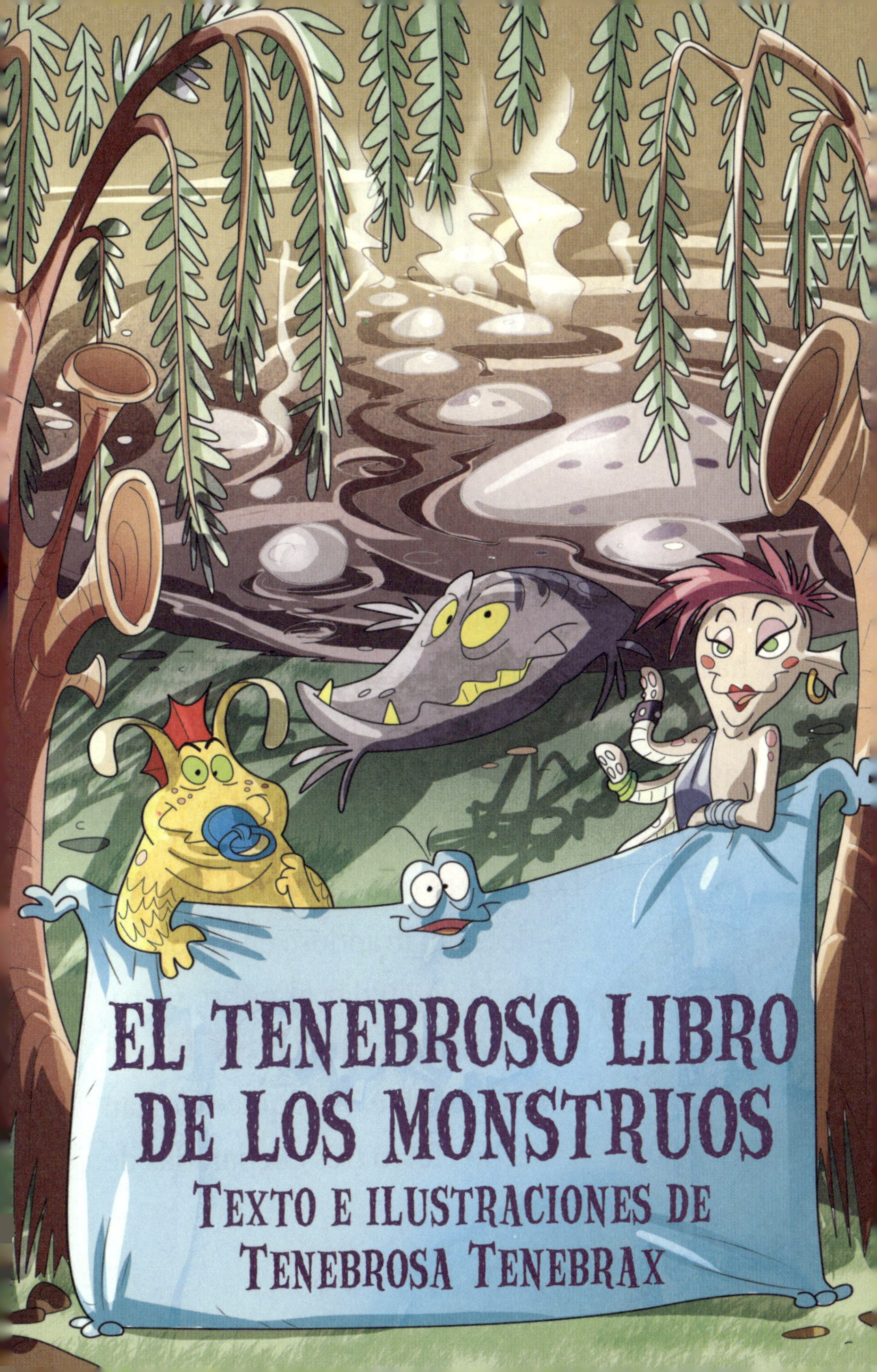
EL TENEBROSO LIBRO
DE LOS MONSTRUOS
TEXTO E ILUSTRACIONES DE
TENEBROSA TENEBRAX

HOGAR, ESPECTRAL HOGAR

En Lugubria ya había ANOCHECIDO, un fuerte viento gélido soplaba del norte y todos los habitantes se apresuraban a volver a casa. Tenebrosa Tenebrax entró en el Castillo de la Calavera, SUSPIRANDO.

—¡Qué noche tan deliciosamente espectral! Lo malo es que estoy AGOTADA —declaró, tirándose en el sofá—. He ido a cuidar al pobre Geronimo. Tiene un RESFRIADO terrible. Ni siquiera le han hecho efecto tres cucharadas de

jarabe balsámico de **BABA** de lagarto.

Escalofriosa se sentó a su lado. Estaba de MAL HUMOR y dijo:

—En el colegio han organizado el concurso de fotografía «*Fotos de Miedo*»...

—¡Por mil momias momificadas! Qué noticia... ¡Tú eres una gran fotógrafa!

Escalofriosa arrugó la nariz.

—Qué va... hoy no me siento capaz de fotografiar ni al monstruo más insignificante. ¡Es un día **FATAL**!

—Si yo te contara… —dijo Entierratón, sentándose con ellas—. Todo el día ARRIBA y ABAJO por Lugubria, buscando material para hacer un súper ATAÚD… ¡y no he encontrado nada!

Uno tras otro, los Tenebrax fueron llegando al Castillo de la Calavera. Los miembros de la familia estaban de un humor SOMBRÍO, como una noche sin luna.

Ñic y Ñac habían encontrado cerrada su tienda predilecta de

artículos de broma, a Mayordomo se le había terminado el betún para lustrar los zapatos y el Abuelo Ratonquenstein no había podido visitar el Museo de las Momias Parlantes porque había mucha COLA.

Pero nadie estaba tan triste como el señor Giuseppe.

—¡No he encontrado nada! Ni un solo calcetín SUPERFÉTIDO, ni clavos oxidados, ni lombrices con solera.

¿Cómo voy a poder preparar mi famosísimo **ESTOFADO**?

Entonces Tenebrosa sonrió con **AFECTO** a sus familiares.

—Ha sido un día muy duro, pero ahora ya estamos en casa. ¿Recordáis esa **vieja canción**... *«Hogar, espectral hogar»*?

Empezó a canturrear, y el resto de la familia coreó la letra con *alegría*.

HOGAR, ESPECTRAL HOGAR

Hogar, espectral hogar, mi lindo caserón,
tus corrientes de aire me llegan al corazón.
Si viviera lejos de tus lúgubres paredes,
sería un capitán sin nave, un pescador sin redes.

No importa si es tumba o barco,
establo, palacio, jaula o charco,
yo veo mi casa como un palacio total,
tan alegre como un funeral.

Cuando me siento cansado, mareado,
y estoy más blanco que un papel mojado,
sé que un escalofrío me va a consolar
al pensar en mi hogar, espectral hogar.

No importa si es tumba o barco,
establo, palacio, jaula o charco,
yo veo mi casa como un palacio total,
tan alegre como un funeral.

—Ya casi es hora de cenar
y tengo un hambre felin...

—dijo Tenebrosa al acabar la última estrofa de la canción. Pero no logró terminar la frase... En el JARDÍN se oyó un ruido muy extraño, más fuerte que una ráfaga de viento.

GROARFIIIIIIIIIIIIU...
GROARFIIIIIIIIIIIIU...
GROARFIIIIIIIIIIIIU...

—Parece un canto fúnebre —comentó Madam Latumb.

—Con un aullido final —puntualizó la Abuela Cripta.

—Agradable e INQUIETANTE —precisó Entierratón.

—Vamos a ver de qué se trata —propuso Tenebrosa, muy curiosa.

PERO SI ES... ¡BICHITO!

Al otro lado de la puerta, el viento IMPETUOSO levantaba nubes de polvo y arrastraba hojas y RAMAS SECAS.

El extraño ruido procedía de una cesta enorme, situada junto a la puerta. Estaba cubierta por una capa de hojas y MUSGO, y se mimetizaba tan bien con el TERRENO, que

nadie la había visto al llegar al Castillo de la Calavera.

Al lado de la cesta había un **BAÚL** cerrado con una cadena, cuya llave colgaba del **ASA** de la cesta.

—¿Quién la habrá dejado aquí? —se preguntó Tenebrosa, **LEVANTANDO** la capa de musgo.

—¡OOOOOOOOOOOOOOOOOH! —fue el grito unánime de los Tenebrax.

Delante de ellos había un pequeño SER dormido, que roncaba sonoramente.

—¡Qué tierno es! —susurró Tenebrosa—. No podemos molestarlo, está durmiendo tan a gusto…

Escalofriosa cogió la llave y abrió el BAÚL. Contenía diez biberones llenos de un LÍQUIDO AZULADO, un extintor y varias cajas de tapones para los oídos.

—Qué objetos tan raros —comentó la Abuela Cripta, PENSATIVA.

—¿Para qué servirán? —se preguntó muy pensativo, Entierratón.

—Los biberones son para ALIMENTARLO —explicó Madame Latumb.

—¿Y lo demás? —preguntó Tenebrosa.

—¡Goi moi balagoi! —balbuceó una vocecilla detrás de ellos. El pequeño ser se había despertado y observaba con curiosidad a la Familia Tenebrax.

—¡Goi poi goigoi! —continuó el pequeño.

—¿Y éste quién es? —preguntó Mayordomo, acercándose curioso.

Tenebrosa lo miró pensativa, y de pronto lo reconoció:

—¡No me lo puedo creer! Pero ¡si es Bichito!

—¡Moi goiloi! —aprobó el pequeño ser.

—¿Bichito? ¿Qué Bichito? ¿Te refieres a *ese* Bichito? —preguntó el Abuelo Ratonquenstein.

—¡El mismo! —confirmó Tenebrosa.

—¿Y quién es? —preguntaron a coro Ñic y Ñac—. Nunca hemos oído hablar de él.

—Es un monstruito muy raro —explicó Tenebrosa—. Su tía es Cordelia Seisbrazos.

—¿Cordelia? ¿La que toca la batería con los Sintornillos, el grupo más ROCKERO del Valle Misterioso? —preguntó Escalofriosa.

—Exacto. Pero Cordelia nunca lo dejaría solo ni un instante, bajo NINGÚN concepto —aseguró Tenebrosa, y luego se preguntó—: Pero entonces… ¿qué hace aquí Bichito?

Bichito

QUIÉN ES: un monstruito rarillo, muy, pero que muy raro. Pertenece a la Familia Monstruítica de los Créspidos. Nace uno cada mil años y sigue siendo bebé durante trescientos años.

LUGAR DE NACIMIENTO: Lodicia, la misteriosa capital del Valle Hórrido.

COMIDA PREFERIDA: se alimenta únicamente de zumo concentrado de Ambrosía Láctea.

CARACTERÍSTICAS: su saliva hace crecer los bigotes, su sudor cura el dolor de patas, su cerumen es muy bueno para el resfriado.

PODERES ESPECIALES: carcajada con ultrasonidos y llamaradas espantosas.

ADVERTENCIAS: es mejor no asustarlo, porque puede tener... ¡reacciones incontrolables!

Es mejor no asustarlo

—¡Goi loi ñam ñam! —exclamó Bichito, satisfecho, después de tomar de un solo trago el biberón de **LÍQUIDO AZULADO**, que le había dado Madam Latumb.

—¡Qué **APETITO**! —comentó el ama de llaves—. A saber qué es lo que contienen estos **BIBERONES**.

—Zumo concentrado de *Ambrosía Láctea*, una planta que sólo crece en el Abismo Monstruítico del Valle Hórrido —explicó Tenebrosa—. Y hay algo más que debéis saber…

—¿Qué? —preguntó Escalofriosa.

—Es mejor no **ASUSTARLO**, porque…

En ese instante, los gemelos encendieron unas **BENGALAS** delante de la cesta, para divertir al pequeño 1. Pero lo único que consiguieron fue asustarlo. En un segundo, Bichito se transformó: las **MANCHAS ROJAS** que tenía en la piel y la cresta se volvieron fosforescentes, y sus ojos mutaron en dos bolas encarnadas 2.

—¡¡¡¡GOOOOOOOOOOOOOOIIIIII!!!!!

Con un grito terrorífico, Bichito prendió fuego a un columpio y a un viejo banco 3. Por suerte, Escalofriosa cogió el extintor y apagó el **INCENDIO** en un instante 4.

1
2
3
4

—¡Muy bien, sobrinita! —la felicitó Tenebrosa. Luego miró de reojo a Ñic y Ñac, y dijo—: En cuanto a VOSOTROS dos…

—¡Sólo queríamos hacerlo reír! —se defendieron los traviesos gemelos, SONRIÉNDOLE al pequeño monstruito.

—Goiloigoi —se calmó Bichito, como por arte de magia.

Una ráfaga de viento GÉLIDO envolvió al grupo y levantó la capa de musgo que cubría a Bichito.

—Será mejor llevarlo dentro —dijo el abuelo.

Mayordomo cogió la cesta, mientras Entierratón arrastraba el BAÚL.

—Tenemos que averiguar qué hace aquí Bichito —propuso Tenebrosa, tras cerrar la puerta del Castillo de la Calavera a su espalda.

—¡Sí, eso mismo! ¡Y debemos hacerlo antes de que empiece a AÑORAR a su tía Cordelia!

—añadió Madam Latumb, conmovida.

—Y, sobre todo, ¡antes de que se terminen los **BIBERONES**! —vociferó el canario licántropo, asomando por el moño de Madam Latumb.

BICHITO, TIENES QUE SER MÍO

A Bichito no lo habían ***ABANDONADO***. Cordelia sólo había decidido dejarlo unos días al cuidado de los Tenebrax. Así lo explicaba en la *carta* que había dejado en la puerta del Castillo de la Calavera, junto con la cesta y el baúl con todo lo necesario para cuidar del pequeño. Pero Cordelia no había contado con el fuerte viento de aquella noche, que se llevó volando el **SOBRE** con su mensaje. Tras hacer varias piruetas por el aire, el

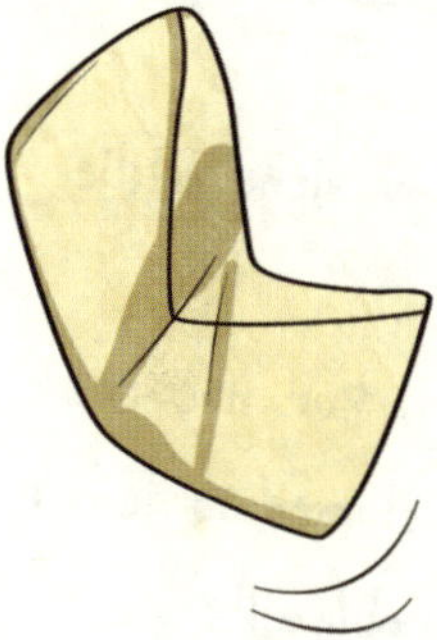

papel empezó a dar vueltas, como un espectro errabundo, y SOBREVOLÓ el legendario Nogal de la Discordia, el Puente del Paso Peligroso y la Academia de las Artes del Miedo, ante la que se detuvo unos instantes. Luego, golpeado por otra RÁFAGA, el sobre se alzó de nuevo, sobrevoló los Estudios de Horrywood y tomó tierra en la entrada del Parque de las Pesadillas, un lugar TÉTRICO y ABANDONADO.

Allí, una pata espectral recogió el papel.

—¿Y esto qué es? —siseó, con voz malhumorada, una figura envuelta en una capa roja—. Mira, mira... Va dirigida a esos PRESUNTUOSOS Tenebrax —murmuró, antes de abrir el sobre.

Queridos amigos:

Os he estado esperando todo el día, pero no viene nadie y ahora tengo que marcharme.

Estoy de paso por aquí con los Sintornillos, por nuestra gira. No puedo llevarme a Bichito, porque el médico le ha desaconsejado los viajes en avión (por el problemilla de nada que tiene cuando se asusta).

Volveré pronto a buscarlo. Os he dejado en el baúl todo lo que necesita para unos pocos días.

Un lúgubre saludo,

Cordelia Seisbrazos

—¿Bichito? ¿Qué Bichito? ¿Se refiere a *ese* Bichito? Es el monstruito más raro que se conoce. **¡LO QUIERO, LO QUIERO, LO QUIERO!**

La lúgubre silueta entró por la puerta de un tétrico castillo y se dirigió a la biblioteca, donde cogió un enorme volumen titulado: *«Monstruos, monstruitos y monstruazos raros del Valle Misterioso»*.

Hojeó **FEBRILMENTE** las páginas, hasta encontrar la ficha de Bichito.

—Podría patentar el **CERUMEN** de ese monstruito y venderlo como remedio contra el resfriado. En poco tiempo me haría rico —rió la **SOMBRÍA FIGURA**, frotándose las patas—. ¡Bichito tiene que ser mío! **¡MÍOOOOO!**

Estoy bal. Enfedmísimo

Tenebrosa bajó del Turbolapid, su descapotable último modelo, y entró en Villa Shakespeare. Llevaba entre las PATAS un termo humeante.

Mientras Nosferatu revoloteaba alrededor de su cabeza, ella subió los ESCALONES de tres en tres.

—Ya estoy aquí, Geronimo. Tengo lo que necesitas —anunció, encendiendo la luz de la habitación donde dormía su amigo.

Bajo una pirámide de colchas y edredones, Geronimo abrió un ojo.

Estaba pálido como una *mozzarella* y se sentía las piernas más FLOJAS que el queso fundido.

—Pod favod, Tenebdosa, hoy no. Estoy bal. ENFEDMÍSIMO —susurró.

—Pero… ¿qué dice el muy tontorrón? —se burló Nosferatu.

—Ha dicho: «Por favor, Tenebrosa, hoy no. Estoy mal. ENFERMÍSIMO» —tradujo la chica—. He estudiado catarrés, un idioma muy útil cuando llega el INVIERNO.

—Anda, Geronimo, no hagas NIÑERÍAS. Bébetelo, te sentará bien —dijo Tenebrosa, mientras echaba el contenido del termo caliente en la boca de su amigo acatarrado.

—¡AAAARGH, QUEMA! —protestó Geronimo, poniéndose en pie y echando a CORRER.

—¿Ahora estás mejor? —preguntó dulcemente Tenebrosa, cuando su amigo se calmó.

—ESTO ES... ¡SUPERRATÓNICO! ¡Ya estoy curado! ¿Qué había en el termo?

—Un poco de estofado, con unas gotas de cerumen de Bichito —respondió su amiga, sonriendo—. Tiene un sabor exquisito, ¿no crees? Madam Latumb extrajo un poco para ti. Le metió una hoja seca de Lánguida en la oreja, al adorable monstruito.

Geronimo se puso amarillo, verde y, por último, violáceo.

—¿Ce-cerumen? Monstruit... Cre-creo que... no... burp... te he entendido... burp... bien...

¡UAAARGH!

—gritó y corrió al cuarto de baño a enjuagarse la boca.

—Anda, Geronimo, ahora no hay tiempo para arreglarse. ¡Ven conmigo, DE PRISA!
—le gritó su amiga, arrastrándolo hacia fuera.

Entretanto, en el Castillo de la Calavera, todos intentaban divertir a Bichito.

Ñic y Ñac gastaban sus mejores bromas, y tenían mucho éxito.

—Mira esto: es un vaso con una mos-ca en el fondo. Uno sólo la ve cuando termina de beber.

—GOHIIIIIIIHIIIIIIIHIIIIIIII

—se tronchó el monstruito.

Su carcajada era aguda, agudísima, mejor dicho... ¡ultrasónica!

—¡Aaaaaaaaah! ¡¿Qué es este sonido MONS-TRUOSO?! —gritó Geronimo, en cuanto puso los pies en el Castillo de la Calavera.

La Abuela Cripta le dio unos tapones para los oídos que encontró en el baúl.

—¡Es el chiquitín! ¿A que es monísimo? —le gritó Tenebrosa, señalando a Bichito, que se revolcaba muy contento por el suelo.

—¡GLOM! Sí, claro… monísimo —farfulló Geronimo.

—Y NOSOTROS tenemos que llevarlo a su casa, a Lodicia, en el Valle Hórrido —declaró Tenebrosa.

Un ESCALOFRÍO recorrió el pellejo de Geronimo.

—¿Qué di-dices, Tenebrosilla? ¿Nosotros…?

—Sí, tú y yo, Geronimo. ¿Por qué lo preguntas? —respondió su amiga, RESOPLANDO.

—Pero… si acabo de curarme —objetó Geronimo.

—¿He OÍDO bien, señorita Tenebrosa? —preguntó el señor Giuseppe—. ¿Una excursión al Valle

Hórrido? ¡Yo también voy! Buscaré un coche **FÚNEBRE** lleno de ingredientes para mi estofado.

—Tía, yo también quiero ir —lo secundó Escalofriosa—. Allí seguro que podré hacer un reportaje fotográfico **TERRORÍFICO**.

—¿Do-dónde está el Valle Hórrido? —preguntó Geronimo, en voz baja.

—En un **LUGAR MISTERIOSO**, situado al otro lado de los Montes del Yeti Pelado —explicó Tenebrosa, llena de **ENTUSIASMO**.

Justo en ese momento, irrumpió en el salón el Abuelo Ratonquenstein:

—He estado trabajando en ello toda la noche, pero finalmente lo he conseguido: aquí tenéis el *cochecito*.

Y empujó un cachivache con **RUEDAS**, que Geronimo esquivó por los pelos.

—¿Y eso qué es? —preguntó el escritor.

—El cochecito de BICHITO. Tiene un portaextintor y es de un material ignífugo. Lo he hecho a MEDIDA para ti, querido Geronimo.

El escritor suspiró. Luego miró el CIELO a través de la ventana y murmuró:

—Nos vamos en seguida, ¿verdad?

—No, Geronimo, aún es de noche. Esperaremos a que AMANEZCA.

Entretanto, en el jardín, una silueta larguirucha que había **espiado** toda la escena, se alejó susurrando:

—Voy a **pegarme** a vosotros como si fuera papel matamoscas. Aprovecharé el primer momento de distracción y… Bichito será mío. **¡MÍO!**

La llamarada de Bichito

—¡Arriba esas PATAS! ¡Unas poquitas horas más y llegaremos a la cima! —gritó entusiasmada Tenebrosa, que encabezaba el grupo—. Os aseguro que el PAISAJE os va a dejar sin aliento.

—UFF... UFF... exacto... sin aliento —jadeó Geronimo, que iba el último de la fila.

—¡Goi goi goloi! ¡Gui gui gului! ¡Gui gui guguí! —balbuceaba continuamente Bichito, mirando con simpatía al escritor, que empujaba el cochecito.

Llevaban muchas horas de viaje. En la llanura, había *conseguido* seguir el paso, pero ahora, en el Monte del Yeti Pelado, iba perdiendo **TERRENO**.

—Eres un fósil de momia, Geronimo —dijo Tenebrosa—. ¡Mueve esas patas **ENTUMECIDAS**!

Al final, Geronimo se quedó tan rezagado que no VEÍA a los demás y decidió hacer una pausa:

—¡Qué cansado estoy! Chicos, voy a parar UN MOMENTO...

Se apoyó en una roca, y a los pocos minutos estaba roncando como una locomotora.

RONF RONF RONF

Dormía tan profundamente que no vio que se acercaba una silueta espectral, envuelta en una capa roja, que intentó coger a Bichito.

—¡GOIIIIIIIIIIIIIIIIIIIIIIIIIIIIIIIIIIIIIIIII!

El grito aterrorizado del monstruito rompió el silencio, seguido de una poderosa LLAMA-RADA que incendió la vegetación que los rodeaba y llegó muy cerca del misterioso roedor.

—¡AAAAAAAAAAAAAAAAAAH!

Por suerte, la llamarada de Bichito obligó a huir al desconocido.

Tenebrosa corrió hasta Geronimo:

—¿Por qué se ha **ASUSTADO** Bichito? ¿Y quién ha gritado de ese modo?

—No lo sé, Tenebrosa —respondió su amigo, **NEGANDO** con la cabeza—. Ejem… me he distraído un momento y…

—El muy tontorrón dormía como un **GUSANO** en el queso —se burló Nosferatu.

Entretanto, Escalofriosa rebuscó entre los matorrales **CARBONIZADOS** y salió con algo rojo en la mano. Era un trozo de **TELA** medio quemado.

—¿Y esto de dónde ha salido? —se preguntó.

Tenebrosa miró **alrededor** y enarcó una ceja:

—A saber... Será mejor que llevemos a Bichito a casa, cuanto antes.

CUIDADO CON EL YETI

La EXPEDICIÓN llegó a la cima del Monte del Yeti Pelado, a la hora de la cena.

—Geronimo, si no dejan de castañetearte los dientes —protestó Tenebrosa—, no voy a poder disfrutar de esta HÓRRIDA cena.

—E-es que ha-hace un frío po-polar —replicó su amigo, TEMBLANDO.

—Un poco de estofado caliente te sentará bien —le aconsejó Escalofriosa.

—¡Exacto! —aprobó el cocinero. El hormiguero MOMIFICADO que he añadido al final de la cocción le da un SABORCILLO especial.

Geronimo suspiró. Sólo había probado una cucharada de estofado y casi se desmaya de las **NÁUSEAS**. Por si fuera poco, no podía perder de vista el cochecito de Bichito, porque temía que resbalara hasta el valle.

—¡A... A... CHÍS!

Al estornudar, Geronimo dejó escapar el cochecito, que rodó por la pendiente.

—¡Bichitooo! —chilló Escalofriosa.

Geronimo echó a CORRER detrás del carrito, que se detuvo gracias a un alud de nieve. Por suerte, Bichito DORMÍA plácidamente y no se enteró de nada.

Geronimo SUSPIRÓ aliviado y miró alrededor:

—*¡Por mil quesos de bola!*

Aquí hay una CUEVA. Al fin, un lugar cálido y resguardado.

Avanzó de puntillas hacia el INTERIOR de la caverna, donde no se veía nada de nada.

—¡QUÉ PESTE TAN MONSTRUOSA! —dijo. Luego, rozó algo blando con las patas—: ¡Una bufanda! Qué calentita. No sé cómo habrá llegado hasta aquí…

Sin pensarlo dos veces, Geronimo se la enrolló alrededor del cuello y… ¡la bufanda le rugió en el hocico!

—¡ROAAAAAAAARRGHHHHHH!

Aquello no era una bufanda… ¡era la cola de un terrible MONSTRUO!

Geronimo salió a toda pastilla de la cueva y sólo fue capaz de pronunciar una palabra:

—**¡SOCORROOOOOOOOOOOOOOOOO!**

Desde la cima del monte, los demás vieron cómo subía desesperadamente, mientras un **GIGANTE PELUDO** lo perseguía.

—¿Quién es? —preguntó el señor Giuseppe.

—¡El Yeti Pelado! —exclamó Tenebrosa.

—Él da nombre a este monte —precisó Escalofriosa—. ¡ES DELICIOSAMENTE HORRIBLE!

—¡Sálvese quien pueda! —gritó sin aliento, Geronimo.

—Qué EXAGERADO eres —repuso Tenebrosa, muy tranquila, cuando su amigo se acercó. El YETI estaba a pocos metros de ellos y la chica le ofreció una taza.

—¿Un poco de estofado, señor Yeti? Se lo aconsejo, es increíblemente REPUGNANTE.

El monstruo cogió la taza y engulló el estofado de un solo trago. Le brillaron los ojos, bajo QUINTALES DE PELO.

—Le ha gustado —dijo Tenebrosa, satisfecha.

El Yeti invitó al grupo a su cueva y les presentó a su espléndida familia, la señora Yeticia y el pequeño Yetinín.

—¡USIO GASIO! —exclamó Yeticia.

—Asiu Sagiu —respondió Escalofriosa.

—Pero… ¿vosotros los entendéis? —preguntó Geronimo.

—Pues claro —sonrió Tenebrosa—. Ha dicho: «Sois raros, muy raros, rarísimos».

Escalofriosa les hizo una foto a Bichito y Yetinín, mientras jugaban:

—¡Son monísimos!

—¿Qué es esta TREMENDA PESTE? —susurró Geronimo.

—El FAMOSO ALIENTO del Yeti —respondió Tenebrosa—. ¿No lo encuentras tonificante, Geronimo?

EL CRUCE DEL ALIENTO FÉTIDO

Fuera había estallado una **TORMENTA DE NIEVE** y pronto fue hora de acostarse.
Al **CALOR** de la cueva, todos durmieron un sueño sepulcral. Todos menos Geronimo. Yetinín se durmió abrazado a él y el problema era que... ¡el **ALIENTO** le apestaba más que a su padre!

—Tan pequeño y tan fétido —se lamentó Geronimo, completamente despierto.

A la mañana siguiente, los YETI acompañaron a Tenebrosa y sus amigos hasta el Cruce del Aliento Fétido. Desde allí les mostraron la DIRECCIÓN que debían tomar para llegar al Valle Hórrido y a la ciudad de Lodicia.

—Tenemos que bajar justo hasta la orilla del LAGO Blurp —tradujo Tenebrosa—. Nos aconseja que vayamos con CUIDADO, porque allí abajo hay seres muy extraños...

El grupo se puso en MARCHA, siguiendo las indicaciones. Pronto dejaron atrás la montaña (¡y el refugio!) y, unas horas más tarde, llegaron a orillas de un lago color FANGO.

—Pero ¡este lago es un lodazal! —comentó Geronimo, al ver aquel agua PUTREFACTA, que desprendía un olor a quesitos CADUCADOS. En el lago se formaban remolinos bastante CURIOSOS, que estallaban en la superficie con inquietantes BLURP.

—¡Qué aroma tan delicado! —exclamó el señor Giuseppe, y añadió tres tazas de lodo a la olla de ESTOFADO.

Geronimo empezó a buscar en vano la *Ambrosía Láctea*.

—Esa planta sólo crece en las zonas más remotas del Abismo Monstruítico —le explicó Tenebrosa, mientras su sobrina le daba el biberón a Bichito.

—Sólo nos queda un biberón... Menos mal que ya estamos llegando —comentó la chica.

—Eso espero, porque yo ya no puedo con este cochecito —se quejó Geronimo.

Entonces vio una pequeña hamaca abandonada en la orilla del lago.

—Me parece que voy a descansar un rato —dijo para sus adentros, acercándose a la HAMACA.

Pero cuando se tumbó...

¡PATAPAM!

La silla se movió y Geronimo dio con el trasero en el suelo.

—¡Jijiji! ¡Tontorrón! —rió Nosferatu.

—Geronimo, ¿estás bien? —exclamó Tenebrosa—. ¿QUÉ HA OCURRIDO?

—Truco truquito, se ha caído el señorito —dijo una voz chillona.

—¿Y tú quién eres? —preguntó Geronimo, mirando a un pequeño ser azul de ojos redondos.

—Yo soy GUMMIX, sí, sí —respondió el ser.

—¿Gummix? ¿El monstruo Cambiaforma? —preguntó Tenebrosa.

—Exactamente, señorita, sí, sí —dijo el monstruo, BESÁNDOLE LA PATA.

—Es un monstruo capaz de transformarse en CUALQUIER OBJETO —explicó en seguida Escalofriosa, anticipándose a la pregunta de Geronimo.

—¡Eso es imposible! —exclamó él.

—Te equivocas —replicó el monstruo, transformándose en sombrero y lanzándose a la cabeza de Geronimo.

—Truco truquito, ¿lo ves? También sé hacer de sombrero, sí, sí —dijo, retomando su forma.

—Querido Gummix —dijo Tenebrosa, con amabilidad—, ¿sabrías INDICARNOS el camino hacia Lodicia, la capital del valle?

—Por una belleza de ojos violeta como tú, querida, haré mucho más que eso. ¡Os haré de guía! ¡Sí, sí!

GUMMIX

QUIÉN ES: un monstruo cambiaforma.

LUGAR DE NACIMIENTO: Lodicia, concretamente la calle Bolito, 8.

COMIDA PREFERIDA: le encantan los rábanos almibarados con sirope de baba.

CARACTERÍSTICAS: es capaz de transformarse en casi todo lo que quiere.

NO SOPORTA: el frío, porque al bajar la temperatura, su goma se queda muy rígida y no puede transformarse.

SU PUNTO DÉBIL: no puede resistirse a los bombones rellenos de algas del Pantano Monstruítico.

El Árbol Sirena

—A ver… tenemos que encontrar una barca para poder cruzar el LAGO —propuso Tenebrosa.

—No es tan sencillo —contestó Gummix—. ¿Veis esos REMOLINOS?

—¿Te refieres a los que hacen «Blurp»? —preguntó Geronimo.

—Sí —asintió GUMMIX—, por eso el lago se llama Blurp. Pero no sabéis quién produce esos burbujeos tan LODOSOS…

—¿Quién? —susurraron los demás.

—El FANGOSAURIO, sí, sí —dijo Gummix, temblando—. Pero es mejor no despertarlo, no, no.

—¿Es peligroso? —inquirió Geronimo.

—Cuando duerme, no, no. Si se despierta, sí, sí —respondió Gummix—. Por suerte, no hay nada que despierte al Fangosaurio, a excepción de…

Pero antes de que pudiera terminar la frase, un ruido sordo lo interrumpió.

¡DENG! ¡DENG! ¡DENG!

El señor Giuseppe golpeó la olla con el cucharón y exclamó:

—¿A quién le apetece una taza de mi nuevo ESTOFADO de lodo blurposo?

Todos se sentaron al instante para degustar un plato tan **delicioso**. Todos menos Geronimo, que se mantuvo apartado.

Llevaba días sin **COMER** y tenía el estómago vacío como una cueva sin yeti.

—**¡Tengo hambre, tengo hambre, tengo hambre!** —repetía, mientras paseaba por la orilla del lago.

De pronto, se dio cuenta de que algo blanco **ASOMABA** de la tierra oscura: una tarjeta.

La recogió y le limpió el **BARRO**.

—Está **ESTROPEADA**... Sólo puedo leer «*tor*» y «*p...illus*». ¿Quién la habrá perdido?

Observando el suelo **FANGOSO**, vio unas huellas recientes y decidió seguirlas. Pero a los pocos pasos, llegó frente a un ÁRBOL de largas ramas 1.

Parecía un sauce llorón, pero Geronimo en seguida comprendió que en el Valle Hórrido **nada era lo que parecía**.

De hecho, el árbol empezó a... ¡chillar! 2

—¡IIIIIIIIIIIIIIIIIIIIIIIIIIIIIIIIIIIIII!

Los chillidos eran tan agudos que Geronimo se tambaleó, perdió el equilibrio y…

¡BLOP!

Cayó en el lago fangoso.

—¡SOCORROOOO!

Los demás acudieron CORRIENDO.

—¿Vas a nadar un rato, Geronimo? —preguntó Tenebrosa, bastante perpleja.

—Ha sido… GLU GLU… el sauce… GLU GLU —burbujeó él, emergiendo del lodo.

—¡No es un sauce, no, no! —gritó Gummix—. Es un ÁRBOL SIRENA. En cuanto alguien los toca, lanzan unos CHILLIDOS TALADRANTES.

—¡Tontorrón! —rió Nosferatu.

—El agua se está hinchando —gritó entonces Escalofriosa.

En el centro del lago, los remolinos eran cada vez más grandes.

¡BLURP! ¡BLURP! ¡BLURP!

—¡Es el Fangosaurio! —exclamó Gummix—. El chillido del Árbol Sirena lo ha despertado.

Entre MIL SALPICADURAS, del lodo asomó una gigantesca cabeza de serpiente, seguida de un cuerpo igual de grande y espantoso.

—¡Es monstruosamente monstruoso! —gritó Tenebrosa.

—¡Nada, Geronimo! —chilló Escalofriosa.

El monstruo se dirigió rápidamente hacia Geronimo, lo rodeó con la cola y lo lanzó por los aires, haciéndolo rebotar entre sus anillos como si fuera la BOLITA de una máquina del millón.

¡Oh, oh!
¿Gua?

¡AAAAAAAAAAAAAAAH!
¡Lo ha lanzado!

Fangosauro y Fangosillo

—¡Tú, especie de GUSANAZO prepotente, suelta ahora mismo a Geronimo! —vociferó Tenebrosa desde la orilla.

El FANGOSAURIO no le hizo caso y volvió al centro del lago, apretando a su prisionero con la COLA.

—¿Adónde va? —preguntó asustada, Escalofriosa.

—A su cueva, sí, sí. Se sumergerá y… adiós Geronimo —suspiró Gummix, transformándose en un pañuelo que se AGITABA al viento despidiéndose.

Hasta Nosferatu se apiadó de él:

—Era un tontorrón, pero en el fondo era un buen roedor.

Desde su cochecito, Bichito había asistido a la escena en silencio. Cuando vio que el monstruo estaba a punto de sumergirse con su adorado niñero, estalló en sollozos incontrolables:

—¡Gue gue gueeeeeeeeeeeeeeeeeeeeeeeeeeee! ¡Gueeeeeeeeeeeeeeeeeeeeeeee!

Era un sonido enternecedor, que habría conmovido incluso a una MOMIA.

El monstruo del lago se volvió, dio marcha atrás y dejó a Geronimo en la orilla.

Luego se acercó con ternura al pequeño Bichito, le LAMIÓ la cabeza y lo empapó de baba.

En cuanto Bichito vio a Geronimo, dejó de llorar y se tiró cuatro PEDOS PESTILENTES en señal de alegría.

Entretanto, el Fangosaurio se SUMERGIÓ en el lago y a los pocos minutos salió a la superficie. Esta vez no iba solo, lo acompañaba... ¡una copia de sí mismo **en miniatura**!

—Es su cachorro, se llama Fangosillo —anunció GUMMIX, mientras Escalofriosa fotografiaba la escena.

Mientras el pequeño FANGOSILLO y Bichito se hacían amigos jugando en la orilla del LAGO, Tenebrosa intentaba imaginar cómo podían cruzarlo y llegar a la otra orilla.

Gummix era demasiado pequeño para hacer de LANCHA.

—Nunca lo conseguiremos —se lamentó—. Y pronto será de noche…

Al oír esas palabras, el Fangosaurio enrolló la cola alrededor de Tenebrosa Tenebrax, la levantó y se la puso en el lomo. Luego hizo lo mismo con Escalofriosa, Bichito, Geronimo y Gummix.

El **monstruo** estaba a punto de levantar al señor Giuseppe, pero éste se **NEGÓ**.

—Prefiero arreglármelas solo —declaró, y saltó dentro de la **OLLA**. Usando el cucharón como remo, el cocinero se puso a cantar:

En el barro brilla el cucharón,
en la ola lúgubre
viaja el perol...

En un instante, todos estuvieron en la otra orilla. Frente a ellos vieron un profundo PRECIPICIO y, al fondo, entre los estanques, se levantaban algunas construcciones.

—Hemos llegado al espantoso Abismo Monstruítico —anunció Gummix—. Cuando lo crucemos, nos espera LODICIA.

Bienvenidos a Lodicia

En el borde del Abismo Monstruítico comenzaba una escalera de roca, que descendía envuelta en la PENUMBRA.

—Es la Escalera Torcida, que lleva a Lodicia —les informó Gummix—, la única ciudad del Valle Hórrido, sí, sí, sí.

A ambos lados de la escalera dormían dos monstruos, que parecían dos dragones. Geronimo sintió un escalofrío en la espalda, aunque no parecía que fueran a despertarse.

—¿Quiénes son? —le preguntó Escalofriosa a GUMMIX.

—Se llaman LOVEOTODO y ESTOYDESPIERTO —respondió el monstruo— y son los guardianes de Lodicia. Atacan a los visitantes no deseados, sí, sí.

—¿Y có-cómo? —susurró Geronimo.

—Los hacen papilla.

—PA-PA-PA... —balbuceó el escritor.

—Ánimo, requesón mohoso, ¡arriba esas rodillas! No tenemos todo el día —lo **INTERRUMPIÓ** el señor Giuseppe.

Y, para incitarlo, golpeó la olla con el cucharón.

¡CLONC!

Loveotodo abrió un ojo.

Geronimo, más PÁLIDO que una *mozzarella*, se agarró con fuerza al cochecito.

—Nos hará pa-pa-pa…

—¿Qué dices? ¿Patatas con estofado? —dijo el cocinero—. Lo siento, pero tendrás que esperar un poco si quieres probarlas. Ahora tenemos que cumplir una MISIÓN. Así es que… ¡patas a la obra! —Y le dio otro golpe a la olla.

¡CLOOOOOOOOOONC!

Estoydespierto también abrió un ojo.

Pero todos habían llegado ya al final de la escalera y ninguno de los dos monstruos guardianes había abierto el segundo OJO.

—Casi hemos llegado —anunció Gummix—. Por favor, tened cuidado. Estamos en un punto muy **PELIGROSO**, sí, sí.

Geronimo miró a su alrededor. Ante ellos había un bosque espeso, de **ASPECTO** tranquilo.

—¿Qué tiene de peligroso todo esto? —preguntó, acercándose.

Un grito tremendo salió de las espantosas fauces, que se abrieron en el **TRONCO** de un árbol situado junto a él. Geronimo giró sobre sí mismo y cayó sobre el musgo.

El MONSTRUÁRBOL se disculpó:

—Perdón, hacía mucho que no asustaba a nadie… creo que he exagerado.

—No se PREOCUPE —repuso Tenebrosa—, es que Geronimo es más delicado que el queso fundido.

—Sois raros, muy raros, rarísimos —comentó el Monstruárbol, contemplándolos.

—Mira quién habla… —resopló Geronimo, poniéndose en pie sobre las PATAS.

—¿Qué hacéis por aquí? —preguntó otro.

—Acompañamos a casa a Bichito —explicó Tenebrosa.

El árbol ABRIÓ los ojos como platos:

—¿Bichito? ¿Qué Bichito? ¿Te refieres a *ese* Bichito?

—Sí —contestó Tenebrosa.

—¡Haberlo dicho antes! —exclamó el árbol—. Pasad, por favor.

Pronto llegaron a la ciudad. La luz del ATARDECER iluminaba decenas de casas redondas, a rayas blancas y amarillas.

—Parecen iglús en pijama —comentó Escalofriosa, DIVERTIDA.

A un lado del camino había un CARTEL.

Antes de terminar de leerlo, vieron unas figuras bastante **RARAS**, con unas antenas largas, verdes y flexibles, que se acercaban lentamente.

—Son las **ANTENILLAS**, las guardianas de Lodicia. Lo saben siempre todo, sí, sí —les avisó Gummix—. Cuando creen haber identificado a un **MALHECHOR**...

¡Demasiado tarde! En cuanto los vieron, las Antenillas empezaron a gritar.

—**¡INTRUSOS!** —gritó una.

—¡Han secuestrado a Bichito! —chilló la segunda.

—¡Por mil monstruitos tontitos! ¡Sois raros, muy raros, rarísimos! —comentó la tercera.

—¡Al juez! —gritaron al unísono.

El proceso

El tribunal estaba en la gran plaza de **Lodicia**, donde se erigía una enorme estatua de un dragón con cuatro **ojos**. Las Antenillas llevaron a Tenebrosa y los demás al interior del palacio.

—¡**Abajo esas patas**! Todo esto me parece ridículo —protestó Tenebrosa Tenebrax, que empezaba a impacientarse.

Un ser muy grande (¡y blando!) entró en la sala y dijo:

—¿No es mejor guardar silencio delante del juez? *Sí, lo es.*

—¿Ése es el juez? —preguntó Escalofriosa.

—Sí, sí —respondió GUMMIX—. Se llama Lodosio Yalosé. Él solo se hace las preguntas y se da las respuestas… Y le encanta el turrón. Siempre lleva un montón de barras encima.

—¿Por qué estáis aquí? *¡Porque tenéis malas intenciones!* —dijo LODOSIO.

—¡No es cierto! —gritó Escalofriosa.

El juez la ignoró:

—¿Cómo se declaran los imputados? *¡Inocentes, pero no lo son!*

—¡Sí lo somos! —se enfureció Tenebrosa.

—Y entonces, ¿por qué el querido Bichito está con vosotros y no con Cordelia? —rió el juez—. *¡Porque lo habéis secuestrado!*

¡Umpf!
¡Habéis secuestrado a Bichito!

Geronimo **protestó**:

—Bichito está bien. Lo hemos acompañado…

Mientras avanzaba para explicarse (1), resbaló en una mancha de **LÍQUIDO FANGOSO** que había en el suelo, perdió el equilibrio (2) y, antes de dar con el hocico en el suelo, golpeó el saquito con las inseparables barras de **TURRÓN** de Lodosio Yalosé (3).

Geronimo protestó:

—Bichito está bien. Lo hemos acompañado…

Mientras avanzaba para explicarse (1), resbaló en una mancha de LÍQUIDO FANGOSO que había en el suelo, perdió el equilibrio (2) y, antes de dar con el hocico en el suelo, golpeó el saquito con las inseparables barras de TURRÓN de Lodosio Yalosé (3).

¡Umpf!
¡Habéis secuestrado a Bichito!

Tenebrosa resopló:

—¡Oh, no, Geronimo! ¡Qué desastre!

—¡Tontorróntontorróntontorrón! —gritó Nosferatu.

—¿Y ahora qué voy a hacer? *¡Me retiro a deliberar!* —anunció LODOSIO, con solemnidad—. Aunque la sentencia… ¡YA-LA-SÉ!

¿LOS TENEBRAX?

Tenebrosa frunció el CEÑO:

—Tenemos que demostrar nuestra inocencia.

—Pero ¿cómo vamos a hacerlo? ¡Nadie nos escucha! —se lamentó Geronimo.

Lodosio Yalosé entró en la sala a los pocos segundos y PROCLAMÓ:

—¿Cuál es el veredicto? *En nombre de la ley, os declaro culpabl…*

¡PAM!

La puerta se abrió y Cordelia Seisbrazos irrumpió en la sala gritando:

—¡No son culpables! Fui yo quien les pidió a los Tenebrax que cuidaran de Bichito.

—¡Cordelia... estás aquí! —exclamó Tenebrosa—. Te veo más en forma que un ESPECTRO escocés.

Los monstruos chillaron sorprendidos:

—¿Los Tenebrax? ¿Qué Tenebrax? ¿ESOS TENEBRAX?

—Los mismos —confirmó Cordelia. Luego se dirigió a Tenebrosa—: Os dejé una carta, pero cuando volví a recoger al pequeño, Mayordomo me dijo que habíais salido de viaje para llevarlo a casa.

—La carta debió salir VOLANDO —comentó Tenebrosa.

—¿Eres pariente del insigne Entierratón? —le preguntó un monstruo, tendiéndole la PATA—. Yo también soy poeta.

—Es mi padre —respondió Tenebrosa, con mucho orgullo.

Todos rodearon a los recién llegados.

¡En Lodicia, los Tenebrax eran famosos!

—Entonces, usted es la señorita Tenebrosa —prosiguió el monstruo—. Sus relatos son… ¡ESCALOFRIANTES! Y usted debe de ser el periodista Geronimo Stilton, su *novio*.

—¿Por qué no os habéis presentado antes? —preguntó el juez con rabia, pero luego se sonrojó—: *No os he dado tiempo…*

El señor Giuseppe le ofreció un plato de estofado para consolarlo:

—LÚGUBRE está, lo que lúgubre acaba.

Cordelia ABRAZÓ a Geronimo con sus seis brazos.

—Gracias por cuidar de mi pequeño.

Geronimo se RUBORIZÓ:

—Ha sido un placer.

Luego, ella miró a su alrededor, impaciente:

—¿Dónde está mi Bichito?

—Durmiendo —respondió Geronimo y se volvió hacia el cochecito. De repente, se puso más pálido que la sábana de un fantasma—: Oh… oh… ¿Dónde está Bichito?

¡EL MONSTRUITO HABÍA DESAPARECIDO!

¡TODOS TRAS ÉL!

En la sala cundió inmediatamente el pánico.

—¿Dónde está **BICHITO**? ¿Quién se ha llevado a **BICHITO**?

Parecía que el pequeño monstruito se hubiera volatilizado.

—¡Ya decía yo que esto no podía ser tan **FÁCIL**! —exclamó Tenebrosa.

Geronimo le dio los dos trozos de papel que había encontrado antes de tropezarse con el **ÁRBOL SIRENA**.

—Tenebrosilla… he visto unas huellas en el **FANGO** y he encontrado esto.

—Uff... Geronimo —dijo Tenebrosa, mirándolo de reojo—, ¿por qué no me lo dijiste?

—Esto... yo... no pensaba que fuera importante —trató de DEFENDERSE.

Tenebrosa OBSERVÓ atentamente el papel y exclamó:

—Se lee «*tor*» y «*p...illus*». ¡Pues claro! Tenía que haber adivinado que era ese pérfido GUSANO embalsamado.

—¿De quién hablas? —preguntó Geronimo.

—Viscosa serpiente que echa escupitajos... —prosiguió Tenebrosa—. Sólo él podía idear un plan tan RETORCIDO.

—¿Quién, tía? —preguntó Escalofriosa.

—PEQUEÑO PIOJO SALTARÍN —continuó Tenebrosa—. ¡Siempre él!

—Pero ¿quién? —gritaron todos a coro.

—Pues ¡el DOCTOR PESADILLUS! —estalló Tenebrosa—. Haría cualquier cosa

DOCTOR PESADILLUS

QUIÉN ES: el viejo y temible encargado del Parque de las Pesadillas, una atracción abandonada en el ala este de los Estudios de Horrywood.

SU SUEÑO: devolverle su antiguo esplendor al Parque de las Pesadillas. Sería capaz de cualquier cosa por conseguirlo.

DÓNDE VIVE: en el teatro Castillo de los Horrores, otra atracción abandonada del parque.

por devolver al Parque de las Pesadillas su antigua grandeza... y Bichito es perfecto para cumplir su SUEÑO.

—¡¿Quieres decir que el doctor Pesadillus ha secuestrado a Bichito... para convertirlo en una ATRACCIÓN?! —se alarmó Geronimo.

Tenebrosa salió CORRIENDO del juzgado:

—Exacto. No hay tiempo que perder. ¡Todos tras él!

Al llegar a las puertas de la ciudad, Gummix se transformó en una **FLECHA**, para indicar la dirección que había tomado Pesadillus:

—¡Rápido! Las **HUELLAS** van hacia la Escalera Torcida. Esperemos que los guardianes lo detengan…

Tras **CRUZAR** el bosque de los Monstruárboles, el pérfido roedor había alcanzado la cima de la escalera, sosteniendo a Bichito, que roncaba **TRANQUILAMENTE**.

—**PUFF**… **PANT**… El polvo de mandrágora soporífera le ha hecho efecto —jadeó el doctor **PESADILLUS**.

Pero esta vez Loveotodo y Estoydespierto reconocieron al intruso, y se despertaron.

Estoydespierto le gruñó en la cara y Loveotodo lo agarró de la capa con la **GARRA**, rompiéndole un trozo. A pesar de todo, el doctor logró zafarse de ellos.

Tenebrosa llegó pocos minutos después y en seguida vio los trozos de tela en el suelo:

—Pesadillus está cerca de aquí. ¡CORRAMOS!

Cuando Tenebrosa y los demás llegaron al lago BLURP, el burbujeo era más fuerte de lo habitual.

¡BLURP! ¡BLURP! ¡BLURP!

El doctor Pesadillus acababa de subir a la lancha que había utilizado a la ida y partió como un RAYO, escapándosele a Tenebrosa por un pelo.

—¡Esta vez te la he jugado, joven e ingenua Tenebrax! —rió Pesadillus, cuando ya estaba lejos.

—¡SUBESPECIE DE RATA DE CLOACA! —replicó ella— Aún no has ganado…

Gummix se transformó en una CUERDA y se alargó cuanto pudo, pero fue realmente imposible: el doctor Pesadillus desapareció en la OSCURIDAD.

—¡Bichito! ¡Mi Bichito! —gritó Cordelia, muy afligida.

¡Gooool!

Al oír la voz de Cordelia, el pequeño Bichito se despertó.

—Goi goooooi —bostezó el monstruito, mirando a su alrededor.

Pero cuando vio que estaba en la lancha del doctor Pesadillus, el pequeño empezó a gritar, aterrorizado:

—¡¡¡GOOOOOOOIIIIIIIIIIIIIIIIIII!!!

De la garganta le salió una llamarada **INCANDESCENTE** que incendió la lancha. Pesadillus trató de ponerse a salvo sumergiéndose en el barro, arrastrando consigo al pequeño.

—¡Bichito no sabe nadar! —SOLLOZÓ Cordelia, desde la orilla.

—Y el doctor Pesadillus se nos ESCAPA —añadió Geronimo.

—No lo permitiré —se enfadó Tenebrosa, dirigiéndose hacia un ÁRBOL SIRENA.

Geronimo comprendió lo que pretendía:

—Tenebrosilla, no irás a despertar…

—¡Exactamente! —respondió su amiga.

Y zarandeó el árbol con fuerza.

—¡IIIIIIIIIIIIIIIII
IIIIIIIIIIIIIIIIIIII
IIIIIIIIIIIIIIIIIIII
IIIIIIIIIIIIIIIIIIII!

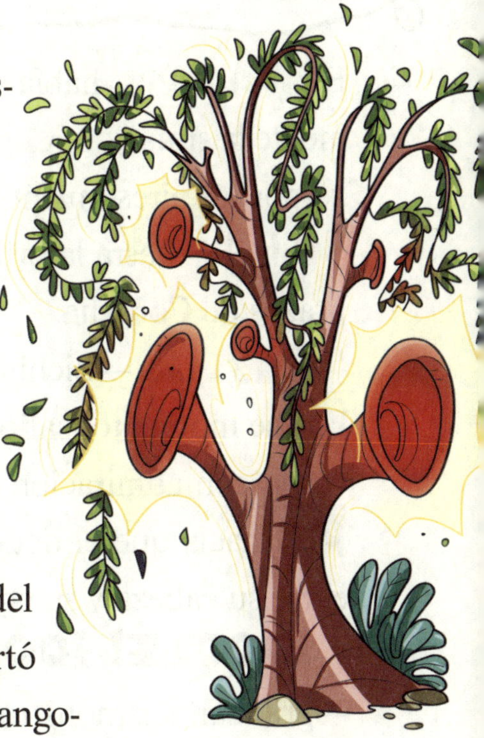

El terrible grito se oyó en todos los rincones del Valle Hórrido y despertó de **golpe** a Fangosaurio y Fangosillo.

Bichito chapoteaba en el **FANGO**, agitando la cresta, aterrorizado. Gracias a sus llamaradas, que iluminaban la noche, los espectadores vieron desde la orilla cómo Fangosaurio salía del barro y alcanzaba en un instante al doctor **PESADILLUS**.

El monstruo había comprendido perfectamente la situación. Cogió a Pesadillus y lo lanzó por los aires, mientras Fangosillo llevaba a Bichito hasta la orilla, a los seis amorosos brazos de Cordelia.

—Goio goio —Bichito se calmó al instante.

En ese momento, salió la luna y todos observaron con admiración cómo FANGOSAURIO hacía que el doctor Pesadillus rebotara entre su cabeza y su cola, como un balón.

—¡OOOLÉ! ¡OOOLÉ! ¡OOOLÉ! —gritaban los monstruos a cada rebote.

—¡Tiene una fuerza monstruosa! —comentó Tenebrosa.

Luego, Fangosaurio lanzó a Pesadillus lo más alto que pudo y, con un último GOLPE DE COLA, lo estrelló en medio de las Antenillas.

—¡GOOOOOOOOOOL! —aclamó el público, exaltado.

¡Goooooool!

¡Estofado para todos!

Mientras el DOCTOR PESADI-LLUS iba camino de la cárcel, los monstruos rodearon a Tenebrosa y sus amigos gritando de alegría.

—*¡Viva la Familia Tenebrax!*

ADORNARON Lodicia con muchas luces y guirnaldas de colores, y Cordelia y los Sintornillos, recién LLEGADOS a la ciudad, dieron un concierto memorable en la plaza principal.

Una Antenilla estropeó por un instante la fiesta, al llegar CORRIENDO y anunciar que el doctor Pesadillus se había escapado.

Pero Tenebrosa no perdió la SERENIDAD:

—Volverá al Parque de las Pesadillas. Y, después de esta lección, no SALDRÁ de allí en mucho tiempo.

El único que no se divertía era Geronimo. No porque no estuviese contento, sino porque tenía mucha hambre. En todo el valle no había encontrado ningún ALIMENTO que le gustara. El estómago vacío le sonaba tanto, que producía extraños ruidos.

¡BOAR! ¡BOAR! ¡BOAR!

Geronimo se sentó en un banco, desconsolado:

—¡Tengo un hambre felina!

Y las tripas seguían sonándole...

¡BOAR! ¡BOAR! ¡BOAR!

Alguien se sentó a su lado y murmuró:

—¡BUAR! ¡BUAR! ¡BUAR!

Era una joven monstrua, que parecía un cactus lleno de espinas.

La monstrua parpadeó varias veces y achuchó a Geronimo como si fuera un niño, pinchándolo con sus agujas afiladas.

¡MUA! ¡MUA! ¡MUA!

Geronimo se escabulló, con el hocico rojo por los pinchazos:

—¡Socorroooooo! ¡Me persigue un CACTUS GIGANTE!

Pero la monstrua no dejaba de seguirlo:

—¡BUAR! ¡BUAR! ¡BUAR!

—No exageres, Geronimo. **PRISCILA MILPINCHOS** cree que el ruido de tus tripas es una llamada de amor —resopló Tenebrosa.

Geronimo cogió al vuelo un **CUENCO**:

—Por favor, una ración doble de estofado.

Todos se echaron a reír.

—Ahora mismo —dijo el señor Giuseppe, entusiasmado—. **¡ESTOFADO PARA TODOS!**

¡QUÉ HAMBRE!

Cuando terminé de LEER, nadie dijo nada durante unos segundos.

Luego, Benjamín exclamó:

—¡Qué aventura, tío Geronimo! ¡SALVADO POR LOS PELOS!

—Sí, y… ¡qué hambre! —suspiré—. Nunca había tenido TANTA hambre en mi vida.

Pandora hojeó una vez más el álbum de FOTOS de Escalofriosa.

—¡Las fotos son superratónicas! —comentó, con entusiasmo—. Desde luego, merece el primer premio del concurso fotográfico *«Fotos de miedo»*.

—Escalofriosa será tan famosa como su tía, estoy seguro —dije, levantándome—. Y ahora tenemos que IRNOS o la película empezará sin nosotros.

Benjamín y Pandora intercambiaron una MIRADA cómplice.

—Perdona, tío Geronimo, es que hemos cambiado de idea… —empezó él.

—Tío G, tú lo sabes muy bien… un libro así no puede esperar —concluyó ella.

Me reí bajo los bigotes. Sabía que iba a terminar de ese modo. En vez de ir al cine, nos fuimos juntos HACIA *El Eco del Roedor*.

—Está bien, volvamos a la redacción. Hay que IMPRIMIR cuanto antes la nueva novela de Tenebrosa Tenebrax.

¡QUÉ HAMBRE!

—También publicarás las fotografías de Escalofriosa, ¿no? —preguntó Benjamín.

—Por supuesto —respondí, sin **DUDARLO** un instante—. Tía y sobrina colaborando juntas en un libro… ¡escalofriante!

¡LA FAMILIA TENEBRAX ES EL NO VA MÁS!

por...

Tenebrosa Tenebrax

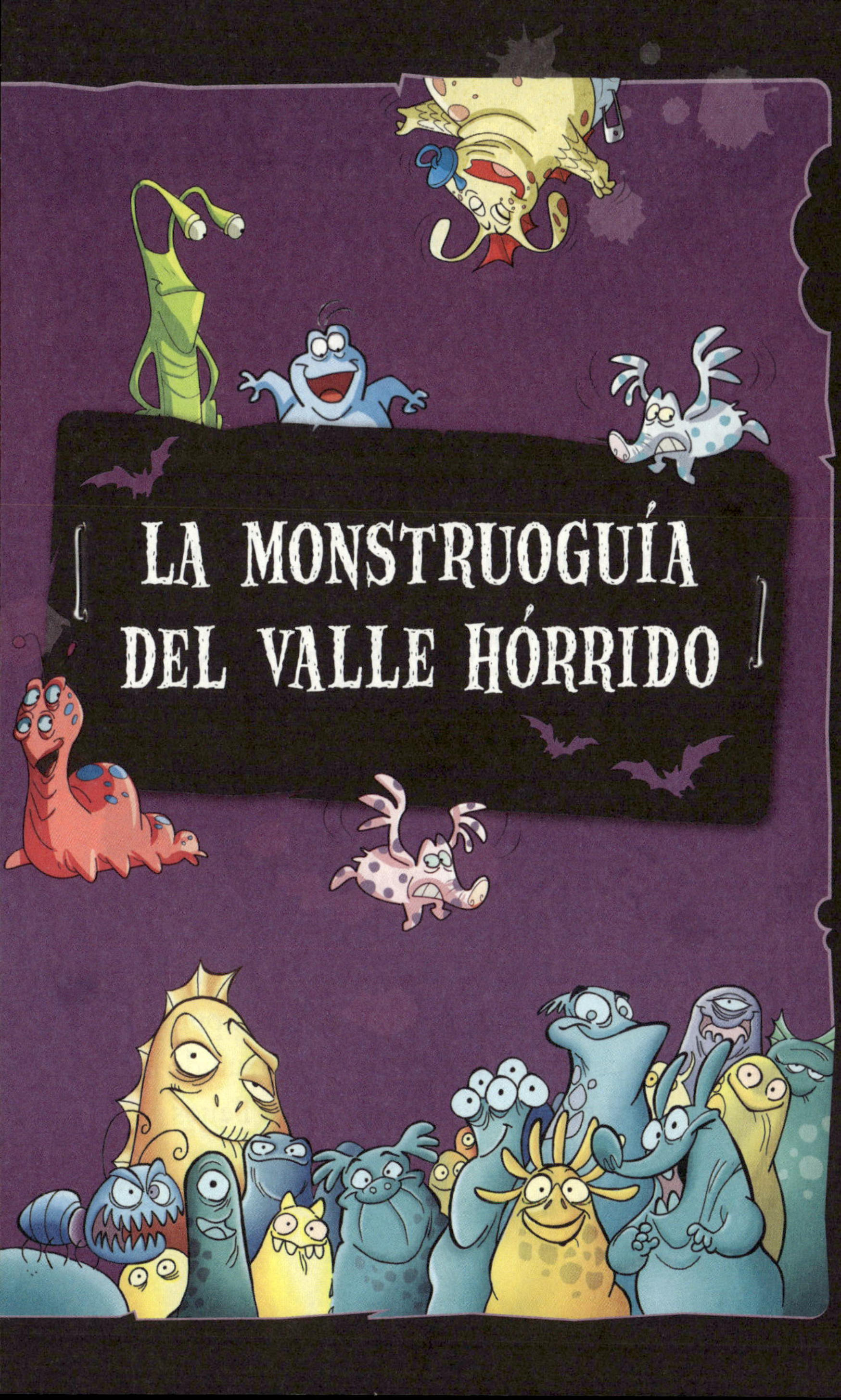
LA MONSTRUOGUÍA
DEL VALLE HÓRRIDO

DESCUBRAMOS EL VALLE HÓRRIDO

Lejos de todas las tierras conocidas, al final del claro más oculto del Valle Misterioso, al otro lado del bosque salvaje más negro... se encuentra un lugar secretísimo, oscuro y lleno de MISTERIOS.

En sus ríos corre el lodo, en sus bosques crecen plantas urticantes y en sus prados zumban insectos carnívoros.

Sus habitantes están cubiertos de GRANOS, ESCAMAS, PÚS-TULAS y DESCAMACIONES. Tienen el cuerpo blando como un flan de baba de sapo, resbaladizo como un grumo de gelatina putrefacta, viscoso como el moco de un monstruo de lago. Tienen los dientes cariados, los oídos llenos de cerumen y los pies fétidos, y sus estornudos son mocosos.

Son los horrendamente hórridos, podridamente fétidos, deliciosamente lúgubres…

¡MONSTRUOS!

Éste es el escalofriante diario de viaje que Geronimo y yo redactamos en su valle.

Tenebrosa Tenebrax

EL VALLE HÓRRIDO
Montes del Yeti Pelado
Monstrubosque
Cruce del Aliento Fétido
Abismo Monstruítico
Árboles Sirena
Lago Blurp
Escalera Torcida
Bosque de los Monstruárboles
Pantano Monstruítico

Pico Humeante
Pico Neblinoso
Pico Polvoso
Selva Abandonada
Laberinto de la
Selva Abandonada
Puente de
la Amnesia
Lodicia
Monster Park

LOS RASCAMUGRE

En el Valle Hórrido viven unos seres muy simpáticos y algo REPUGNANTES. Por ejemplo, los Rascamugre son los monstruos más desagradablemente SUCIOS de todas las tierras monstruíticas conocidas. Construyen sus casas con el cerumen que acumulan en los oídos durante años y años.

Estos monstruos tienen un carácter muy SOCIABLE y les encanta jugar. Geronimo y yo conocimos a algunos de ellos, y son ADORABLES. Os los presentamos en las páginas siguientes... ¡Disfrutad de la lectura!

PUTRIDICIO

El monstruo Putridicio es simpático y tranquilo. Sólo tiene un pequeño defecto: los pies le huelen peor que una cloaca. Su abuela Putridalia le tejió unos calcetines a medida que refrenan la peste, pero en cuanto se quita uno, todos los monstruos que se encuentran en un radio de tres kilómetros se desmayan a causa del hedor.

FAMILIA: Rascamugre.

COMIDA PREFERIDA: algas fermentadas y moho de queso.

JUEGO PREFERIDO: carrera campestre estilo mofeta.

SU SUEÑO: ganar el Gran Concurso de Pies Pestilentes, que se celebra cada cinco años en el apestoso Pantano Monstruítico.

CÁSPITA DE MUGRIS

La monstruita Cáspita de Mugris es la campeona absoluta de bowling mugriento. Fabrica sus propias bolas de juego y nadie es capaz de cogerlas (porque nadie se ve con ánimos de tocarlas).

FAMILIA: Rascamugre.
COMIDA PREFERIDA: musgo ahumado.
JUEGO PREFERIDO: bowling mugriento, naturalmente.
SU SUEÑO: asistir al Gran Baile Repulsivo con su enamorado, Pesterromeo Bocahedionda.

PESTERROMEO BOCAHEDIONDA

Pesterromeo se alimenta sobre todo de excrementos de escarabajos y tiene un aliento pestilente. A su paso, todas las flores se marchitan. Por eso los monstruos jardineros le tienen miedo. Está enamorado de Cáspita.

FAMILIA: Rascamugre.
COMIDA PREFERIDA: caparazones de cucarachas con solera.
JUEGO PREFERIDO: bostezos aromáticos matamoscas.
SU SUEÑO: patentar su último invento, un dentífrico para que apeste el aliento, y venderlo en todo el Valle Hórrido.

LOS PELMACHINCHES

Otra familia de monstruos importante son los Pelmachinches, unos monstruos muy, pero que muy MOLESTOS. Su especialidad es importunar a cualquiera que se les ponga a tiro. Estoy segura de que no tardarían en hacerse AMIGOS de los traviesos Ñic y Ñac. Durante nuestra visita, algunos Pelmachinches le cogieron CARIÑO a Geronimo y no hacían más que colmarlo de atenciones... MOLESTAS. Cuando piensa en ellos, ¡¡¡mi querido amigo aún tiembla de MIEDO!!!

SALIVONCIO

El monstruo Salivoncio está compuesto en un 99% de baba. Cuando alguien lo molesta (lo cual ocurre con frecuencia), lanza un escupitajo y empapa al pobre desgraciado con saliva de pies a cabeza.

FAMILIA: Pelmachinches.
COMIDA PREFERIDA: caldo de coleóptero con solera.
JUEGO PREFERIDO: hockey sobre baba.

SU SUEÑO: ganar los Campeonatos Mundiales de escupitajos de altura cinco veces seguidas. ¡Hasta ahora, nadie lo ha conseguido!

TEMBLENCIO

El monstruo Temblencio es un tipo muy nervioso. Cuando se enfada, es mejor alejarse de él si uno no quiere acabar siendo un roedor ahumado.

FAMILIA: Pelmachinches.
COMIDA PREFERIDA: pastel de algas marchitas.
JUEGO PREFERIDO: encender bombillas a distancia.
SU SUEÑO: nadar en el lago Blurp con sus amigos y amigas, sin llegar a ahumarlos.

ESPINOSO

El monstruo Espinoso está cubierto de afiladas espinas. A causa de su timidez, suele ocultarse detrás de los matorrales, donde se mimetiza tan bien que casi nadie descubre su presencia.

FAMILIA: Pelmachinches.

COMIDA PREFERIDA: líquenes viejos.

JUEGO PREFERIDO: escondite monstruítico (siempre gana él, es imposible encontrarlo).

SU SUEÑO: ser un gran actor, pero... ¡es demasiado tímido!

LOS ESTRIDENTES

Los Estridentes son monstruos muy, pero que muy RUIDOSOS.
Su juego favorito es emitir sonidos altamente TERRORÍFICOS. Sus gritos tenían un efecto muy RARO sobre Geronimo (como ya sabéis, es un roedor muy delicado), que siempre se tapaba los oídos con las patas y SALÍA corriendo. Y ni siquiera le servía de nada meterse en los oídos el cerumen más pegajoso de los Rascamugre.
Por suerte (para Geronimo), los Estridentes son monstruos muy TÍMIDOS y no se ven muchos por ahí. Nosotros tuvimos el honor de entablar amistad con Skrik y Urgus.

SKRIK y URGUS

A Skrik no le gusta ser molestado, mientras coge setas en el Monstrubosque. Para mantener alejados a todos, lleva una pizarra y la araña con las uñas de un modo insoportable.

A Urgus le encantan las cebopatatas (patatas con sabor a cebolla). Pero cuando come demasiadas, corre por el Monstrubosque chillando y quejándose de dolor de estómago.

FAMILIA: Estridentes.
COMIDA PREFERIDA: consomé de setas y lodo.
JUEGO PREFERIDO: ajedrez monstruoso.
SU SUEÑO: una manicura como es debido.

FAMILIA: Estridentes.
COMIDA PREFERIDA: obviamente... las cebopatatas.
JUEGO PREFERIDO: concurso de gritos bestiales.
SU SUEÑO: cantar en un grupo de rock.

DEL MONSTRUBOSQUE AL LAGO BLURP

Dicen que para relajarse en el Valle Hórrido, no hay nada mejor que un buen PASEO por el Monstrubosque.

Es un lugar deliciosamente **TÉTRICO**, en el que detrás de cada planta siempre anida alguna clase de monstruo. ¡Y todos son simpatiquísimos!

El único que no se divirtió fue el pobre Geronimo... sobre todo cuando **TROPEZÓ** con una planta y acabó hocico a hocico con un grupo de Crujénidos. Al ver sus dientes afilados brillando a la luz del sol, Geronimo huyó a toda pastilla.

Los Crujénidos viven en grupo, sólo comen ramas secas y crujientes de Árboles Sirena y son totalmente inofensivos.

Lo encontré al cabo de media hora, en la orilla del lago Blurp. A los monstruos les **ENCAN-TA** pasar allí los domingos. Sus pútridas orillas son perfectas para hacer castillos de **BARRO** y sus remolinos son ideales para jugar a **HUNDIR BARCOS**.

JUEGA

A ORILLAS DEL LAGO...

Solución: las gafas están en la sombrilla de color amarillo. La gorra está colgada de una rama del Árbol Sirena, arriba a la derecha. El teléfono está delante de las narices de Geronimo.

Los monstruos han perdido unas gafas de sol, una gorra de béisbol y un teléfono. ¿Los ayudas a encontrarlos?

LA SELVA ABANDONADA

En el Valle Hórrido existen lugares amenazadoramente FASCINANTES, donde no es aconsejable perderse, especialmente de NOCHE... Lugares como la Selva Abandonada. Para llegar hasta allí, hay que dejar atrás el amenazador Puente de la Amnesia y adentrarse en una zona de ÁRBOLES tan frondosos que los rayos de sol no pueden penetrar.

Le pedí a Geronimo que me acompañara a dar un LÚGUBRE y ROMÁNTICO paseo a la luz de la luna.

Pero hay que tener cuidado con la monstrua HIEDRA CADENA:

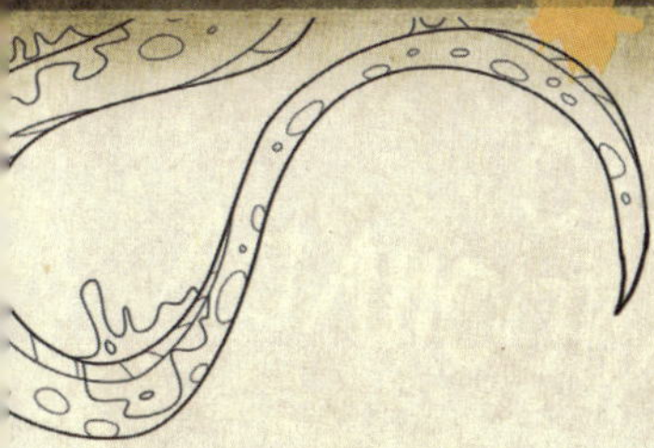

si se enamora de ti, se enrolla a tu alrededor y no te suelta. Están también las extrañas **ELECTROSETAS**, que dan una pequeña descarga a quien las pisa...

Los **MONSTRUCARPO GUANTADIS**, por su parte, son monstruos que golpean a todos los que pasan por su lado.

Y, por último, están los **ESCUPÁRBOLES**, que mojan a los transeúntes con su viscosísima saliva.

JUEGA

EL LABERINTO DE LA SELVA ABANDONADA

Geronimo se ha perdido en la Selva Abandonada. Ayúdalo a reunirse con Tenebrosa en la salida del laberinto.

¡UNA SIMPÁTICA FAMILIA... MONSTRUOSA!

En el Valle Hórrido conocimos a una familia SIMPATIQUÍSIMA, los Pampapó. Son Viscalia (la madre), Rodolfandro (el padre), Búrpolo (el hijo) y Monilla (la hija).

Los PAMPAPÓ viven en una espléndida CASITA construida en la copa de un Escupárbol. Todas las noches, después de la SOPA de lombrices y musgo, mamá Viscalia lee a sus pequeños un espeluznante cuento de TERROR, para que tengan deliciosas pesadillas y los arropa en la cama.

Los sábados, los Pampapó se reúnen en el salón, donde Búrpolo juega a derrotar a peligrosos **ENEMIGOS** con su Play Monster, mamá Viscalia teje un jersey de pelo de oruga y Monilla escucha el último CD de los Sintornillos, mientras papá Rodolfandro escribe un *artículo* para el Boletín Monstruítico, el periódico más leído entre los monstruos.

UN DÍA CON LOS MONSTRUOS

Los Pampapó nos invitaron a su acogedora casa y vivimos con ellos un día... **¡MONSTRUOSO!**

7.10 h. DESPERTARSE

Al grito del monstrudespertador, todos se levantan.

—Un día horrible, **PESADILLA** mía —saluda papá Rodolfandro.

—Un día muy desagradable, **HEDOR** mío —responde mamá Viscalia.

7.20 h. DUCHA MONSTRUÍTICA

Para Búrpolo, el menor de la familia, no hay nada mejor que

una ducha tonificante, con hidromasaje a base de ESCUPITAJOS de ocho minimonstruitos.

Monilla, la hermana de Búrpolo, se lava los dientes con un dentífrico de FANGO FERROSO, y luego se echa unas gotas de extracto de baba de lagarto para apestar bien.

7.40 h. DESAYUNO

Cereales con algas de pantano mojados en agua de cloaca: la manera más DELICIOSA de comenzar un día monstruítico.

Tras el desayuno, mamá Viscalia les PEINA la cola a sus monstruitos y... ¡ya está!

¡Listos para un nuevo día monstruoso!

JUEGA
EL VESTIDOR DE LOS PAMPAPÓ
1 2 3 4 5 6 7 8 9 10 11 12 13 14 15 17
Solución: Viscalia: 15+12+3+6. Rodolfandro: 1+9+17+10+8. Búrpolo: 5+16+2+14. Monilla: 11+7+4+13.

Mamá Viscalia eligió la ropa de toda la familia y la dejó ordenada en el banco. Pero ese incordio de Aletoso, el pez volador de Búrpolo, ha mezclado las prendas. Ayuda a Viscalia, Rodolfandro, Búrpolo y Monilla a encontrar su ropa.

ALETOSO

Os presento al pez rojo volador de la familia Pampapó. Es un cachorro de monstruito, capaz de hacer mil travesuras. Búrpolo ha decidido matricularlo en un curso de buenas maneras para monstruos incordiantes.

EL BOLETÍN MONSTRUÍTICO

Rodolfandro Pampapó nos invitó a Geronimo y a mí a VISITAR la redacción de su periódico, el Boletín Monstruítico. Aquí tenéis la foto de recuerdo del día, y el *artículo* que publicaron sobre nosotros.

EDICIÓN EXTRAORDINARIA

UN HONOR MONSTRUOSO

Estos días, hemos sido honrados con la visita de una escritora monstruosamente buena: Tenebrosa Tenebrax. Sus escalofriantes libros son los favoritos de los habitantes del Valle Hórrido.

Tenebrosa ha tomado muchos apuntes sobre la población de nuestro valle y sus curiosidades, y pronto los veremos publicados en una Monstruoguía.

Su novio, Geronimo Stilton, la ha acompañado en este viaje y ha declarado que nunca había visitado un lugar tan monstruosamente raro.

Al preguntarle sobre su inminente boda, la escritora ha guiñado un ojo, dando a entender que ésta se celebrará pronto. ¡Muy pronto!

JUEGA
EL BOLETÍN MONSTRUÍTICO

El Boletín Monstruítico es el periódico más famoso del Valle Hórrido. Ésta es su redacción. Pero... Geronimo ha perdido de vista a Rodolfandro. Ayúdalo a encontrarlo.

Solución: Rodolfandro está de espaldas, oculto detrás del monstruo gordo y rosa que está sirviendo el té, en el centro de la sala.

EN EL SALÓN DE MONSTRUEZA

Así fue la mañana que pasé en el Salón de Monstrueza, donde trabaja Viscalia.

A las 9.00 h. llegamos al establecimiento COLA RELUCIENTE. Tras saludar a sus colaboradoras, Viscalia empezó a preparar las MASCARILLAS de monstrueza para sus clientas. Yo probé una de FANGO de lago. Pero la más famosa es la de pústulas de rana, que da un bonito COLOR verdoso, incluso a las monstruas más exigentes.

Para las ocasiones ESPECIALES, el salón ofrece la Manicura Monstruosa, para lucir unas UÑAS largas, duras y terroríficas.

Las ayudantas de Viscalia, las gemelas Batirelas, son unas **PELUQUERAS** excelentes gracias a sus brazos giratorios, muy solicitadas para rizos suaves y vaporosos (y para batir huevos para los pasteles de escamas de sapo). A mí me hicieron un peinado... **¡ESCALOFRIANTE!**

La sesión de monstrueza terminó con unas gotas de **MONSTREL N.° 5**, el exclusivo perfume monstruoso a base de **PEDITOS** de Fangosaurio (el monstruo que vive en el fétido y pestilente lago Blurp).

LOS CONSEJOS DE VISCALIA...

Viscalía me contó un secreto para tener el pelo **FUERTE** y brillante, como las monstruas del salón Cola Reluciente. Tú también puedes preparar esta **MASCARILLA**, a base de ingredientes que encontrarás en la nevera o la despensa de tu cocina.

PREPARA UNA MASA MEZCLANDO:

- 1 yema de huevo
- 1 cucharadita de aceite
- 1 cucharadita de miel

Aplícala sobre el cabello, envuélvete la cabeza con el film transparente de cocina y espera 30 minutos. Aclara con agua fría. Luego lávate el pelo con tu champú habitual y, por último, aclá-ralo con agua fría y limón. ¡Lista para asistir a una fiesta supermonstruítica!

... Y DE RODOLFANDRO

A Rodolfandro le encanta escribir *CUENTOS* monstruosos. Éstos son sus consejos para inventar una **AVENTURA** superratónica, jugando con los amigos y amigas.

El primero del grupo debe responder a la pregunta «¿Quién?», escribiendo en un papel una breve descripción del protagonista que haya inventado. Luego debe doblar la parte del papel donde ha escrito, y dárselo al siguiente jugador.

Él o ella tiene que responder a la pregunta «¿Dónde?», dobla la hoja y se la da al siguiente. Todos deben contestar una pregunta referida al protagonista: «¿A quién se encuentra?», «¿Qué debe hacer?», «¿Cómo?»... y cualquier otra cosa que se os ocurra.

Al final, abrid el papel y leed la aventura que habéis escrito todos juntos. ¡Las risas están garantizadas!

EN EL COLEGIO CON LOS MONSTRUITOS

Búrpolo y Monilla van a la clase IV del horripilante colegio G. Monstrínez, donde estudian asignaturas RARAS y DIVERTIDAS. Y menudos profesores tienen...

¡ESTA ES LA ASIGNATURA FAVORITA DE BÚRPOLO!

ASIGNATURA: Técnicas Terroríficas: *Teoría y técnicas faciales de monstruosidad*
PROFESOR: Horrendo Monstruillo
HORAS A LA SEMANA: 4

ASIGNATURA: Lenguas Atroces: *Gramática y sintaxis de las lenguas monstruíticas*
PROFESORA: Gracia Chillida
HORAS A LA SEMANA: 5

HAY CIENTOS DE LENGUAS MONSTRUÍTICAS. EL MONSTRUÉS CLÁSICO ES LA LENGUA OFICIAL, Y LUEGO ESTÁN EL TOTOLÉS, EL BUÑUELÉS, EL CHICHÉS, EL GRILLATÉS, ETC.

¿SABÍAS QUE LA BABA DE CADA MONSTRUO ES ÚNICA? IGUAL QUE LAS HUELLAS DIGITALES.

ASIGNATURA: Producción Babosa: *Técnicas de producción y coloración natural de la baba monstruítica*
PROFESOR: Mucosio Lapo
HORAS A LA SEMANA: 3

ASIGNATURA: Mohología: *Cría y educación de mohos y líquenes*
PROFESORA: Pedorreta Repúgnez
HORAS A LA SEMANA: 3

CADA AÑO SE DESCUBREN AL MENOS 13 TIPOS DE MOHO NUEVOS EN EL VALLE HÓRRIDO.

¡INCLUSO LOS MONSTRUOS VOLADORES DEBEN APRENDER A REPTAR CON AGILIDAD!

ASIGNATURA: Motricidad Escurridiza: *Arrastrarse, reptar y largarse en libertad*
PROFESORA: Elástica Plástica
HORAS A LA SEMANA: 4

ASIGNATURA: Historia Monstruítica: *Toda, pero toda la historia de los monstruos*
PROFESOR: Ofusquio Sopor
HORAS A LA SEMANA: 6

EL PRIMER REY MONSTRUO DEL QUE SE TIENE CONSTANCIA SE LLAMABA ADEFESIUS ADEFESISSIMUS.

BOLETÍN DE NOTAS DE
BÚRPOLO PAMPAPÓ

COLEGIO G. MONSTRÍNEZ
CLASE IV

TÉCNICAS TERRORÍFICAS: PROF. HORRENDO MONSTRUILLO
El alumno Pampapó es creativo, siempre inventa nuevas expresiones y caras monstruosas, lúgubres y divertidas.

LENGUAS ATROCES: PROF. GRACIA CHILLIDA
El alumno habla correctamente el monstrués clásico, modulando varias intensidades y tonos de voz. También domina el resto de lenguas monstruíticas, en particular el totolés.

PRODUCCIÓN BABOSA: PROF. MUCOSIO LAPO
El alumno produce abundante saliva babosa de varios colores y consistencias.

MOHOLOGÍA: PROF. PEDORRETA REPÚGNEZ
Búrpolo sabe cultivar correctamente mohos y líquenes desagradables.

MOTRICIDAD ESCURRIDIZA: PROF. ELÁSTICA PLÁSTICA
Búrpolo sabe adoptar la consistencia viscosa necesaria para arrastrarse y reptar en caminos difíciles, sin que nadie lo vea.

HISTORIA MONSTRUÍTICA: PROF. OFUSQUIO SOPOR
El alumno posee un buen conocimiento de los hechos más raros de nuestra historia. Muestra algunas vacilaciones al recitar los 3.457 Reyes Monstruos que se sucedieron en el trono monstruítico en la Era del Adefesio.

CONDUCTA MONSTRUÍTICA
Búrpolo se comporta como un verdadero monstruito

EL CUADERNO DE TOTOLÉS DE MONILLA PAMPAPÓ

- TI TOTTTE ET TOTITTA TATTATÓ
  MI NOMBRE ES MONILLA PAMPAPÓ
- TITO TETTA TET TOTTTTUTOTTUE
  VIVO CERCA DEL MONSTRUBOSQUE
- TE TUTTA ETTUTTAT TAT TATTIOTET TE TÓTITO ATATTO
  ME GUSTA ESCUCHAR LAS CANCIONES DE VÓMITO AMARGO
- TETTO UT TETTATO, TÚTTOTO TATTATÓ
  TENGO UN HERMANO, BÚRPOLO PAMPAPÓ

¿Sabes cómo funciona el totolés?*
¡Ahora escribe tú un mensaje en esta lengua monstruítica!

* A cada consonante le tienes que reemplazar la letra «T».

DEPORTES MONSTRUÍTICOS

Búrpolo y Monilla nos presentaron a sus amigos Squinz y Splatt, y nos llevaron a practicar sus **DEPORTES** favoritos.

ESQUÍ BABOSO

Búrpolo se puso unos esquís que construyó él solo con PALOS de helados de gelatina de araña. Y luego se lanzó por una larga pista de BABA monstruítica.

NATACIÓN EN EL LODO

Monilla se sumergió en el lodo NEGRO y **APESTOSO**. ¡Le encanta nadar en el barro!

No es tan fácil como parece. Debajo del agua no se ve nada y en el **FANGO** suele haber monstruos que nadan a sus anchas...

CARRERA SOBRE CERUMEN

Squinz y Splatt son especialistas en **CARRERAS** sobre bolas de cerumen.
Para participar, hay que recoger el **CERUMEN** suficiente para formar una bola grande, que se deja secar al sol un día entero.
GANA la carrera el primero en llegar a la meta, de pie sobre la bola, sin perder nunca el **EQUILIBRIO**.
Geronimo lo intentó, pero no quedó precisamente campeón...

LOS CHISTES DE BÚRPOLO

¡JA! ¡JA! ¡JA!

En el colegio, la profesora le pregunta a un monstruito:
—¿Es más largo el río Po o el río Misisipi?
—El Misisipi —responde el monstruito seguro.
—Muy bien —dice la profesora—. ¿Y cuánto más?
—¡Seis letras!

¡JI! ¡JI! ¡JI!

¿Cómo reconocemos a un fantasma friolero? Porque en vez de una sábana lleva... ¡una manta de lana!

¿Qué debes hacer si tienes delante un monstruo verde?
Esperar a que... *¡madure!*

¿Por qué a los monstruos les gusta ir de vacaciones a grandes ciudades?
Porque son... enormemente *monstruosas*.

¡JI! ¡JI! ¡JI!

La profesora le pregunta a un alumno:
—Dime el nombre de un monstruito.
—Escupárbol —dice el alumno.
—¡Muy bien! Y ahora dime el nombre de otro monstruito.
—Otro Escupárbol —responde el alumno.

LAS ADIVINANZAS DE MONILLA

1 Tiene cuello, pero no cabeza, tiene barriga, pero no tiene espalda.

2 Cuantos más hay, menos pesan.

3 Si la usas tiene seis patas, si no tiene cuatro.

4 Llegan de noche, sin que nadie las llame. Se van de día, aunque nadie las echa.

5 Sólo trabajan si alguien los sigue.

6 ¿Cuál es la estrella que no brilla?

7 Baja de la embarcación antes que los pasajeros y los marineros.

8 El padre de Viscalia tiene 5 hijas: 1) Zazzana 2) Zezzena 3) Zizzina 4) Zuzzuna... ¿cómo se llama la quinta hija?

Soluciones: 1. La jarra; 2. Los agujeros; 3. La silla; 4. Las estrellas; 5. Los guías; 6. La estrella de mar; 7. El ancla; 8. Viscalia.

UNA CENA MONSTRUOSA

Los horripilantes monstruos del Valle Hórrido son excelentes cocineros, sobre todo porque... ¡les **ENCANTA** comer!

En el fétido restaurante El Tallarín Monstruoso, el chef Calígula Panzón y sus ayudantes preparan cenas exquisitamente **NAUSEABUNDAS**.

Tras mucho insistir, logré que me revelaran los secretos de las mejores **RECETAS** escalofriantes.

El señor Giuseppe, el cocinero del Castillo de la Calavera, estará **CONTENTÍSIMO**.

Éste es el menú de la Cena Monstruosa a la luz de las velas, que degusté con Geronimo.

EL MONSTRUO MENÚ

Tostadas untadas con salsa de pantano

Canapés de líquido rancio

Espagueti al aroma de la alcantarilla

Canelones rellenos de desechos

Fritura de larvas viejas

Harapos y harapitos guisados

Chatarra gratinada

Parrillada mixta de pelos secos

JUEGA

UNA CENA MONSTRUOSA

Los ingredientes del Superasado Monstruítico son: unas zapatillas de deporte, un vaso de baba de caracol y varios excrementos de cucaracha. ¿Los encuentras todos?

Solución: las zapatillas están en el suelo, junto al monstruo amarillo. El vaso de baba de caracol está en la repisa que hay frente al horno para pizzas. Los excrementos de cucaracha están en la encimera, junto al monstruo violeta.

LAS RECETAS DE LOS MONSTRUOS

Las galletas de los monstruitos

CON LA AYUDA DE UN ADULTO

Estas galletas se parecen a los amigos que conocimos en esta aventura: no son bonitas, pero tienen un corazón... ¡muy DULCE!

Ingredientes:
- 225 g de mantequilla • 200 g de azúcar moreno
- 85 g de queso cremoso blanco
- 1 huevo ligeramente batido
- 350 g de harina
- media cucharadita de bicarbonato de sodio
- 1 cucharadita de zumo de naranja y 1 de piel de naranja rallada
- azúcar moreno para espolvorear

1 Mezcla en un cuenco la **MANTEQUILLA**, el AZÚCAR y el *queso* cremoso, hasta obtener una masa suave y bien ligada.

2 Añade el **HUEVO** batido, la **HARINA** y el BICARBONATO. Luego el zumo y la piel de **NARANJA**. Mézclalo bien.

3 Coloca papel de horno en una bandeja. Distribuye la masa a cucharadas, SE-PARADAS entre sí. Espolvorea con azúcar moreno y, con la ayuda de un adulto, mete la bandeja en el horno a 190 °C.

4 Al cabo de un cuarto de hora, las **GALLE-TAS** ya tendrán los bordes dorados. Pídele a alguien que las saque del horno y deja que se enfríen.

¡MONSTRUOSAMENTE RICAS!

LAS RECETAS DE LOS MONSTRUOS

Minipizzas monstruosas

CON LA AYUDA DE UN ADULTO

Horripilantes y en su punto. No pueden faltar en una auténtica FIESTA escalofriante.

Ingredientes para la masa:
- 500 g de harina • 25 ml de agua
- 25 g de levadura de cerveza
- 40 g de mantequilla, 1 cucharada de azúcar
- 1 cucharada de aceite extravirgen de oliva
- 1 cucharadita de sal

Para condimentar:
- pulpa de tomate • queso cortado a tiras • olivas verdes y negras • aceite

1 MEZCLA los ingredientes para la masa hasta obtener una pasta fina y homogénea. Forma una BOLA, envuélvela en un paño y deja que suba unos 50 minutos.

2 Extiende la masa con un rodillo hasta que quede muy FINA (unos 3 mm). Después con un vaso, corta varios CÍRCULOS de masa.

3 Coloca los círculos separados en una bandeja cubierta con papel de horno. Échales el **TOMATE** y adórnalas con tu imaginación. Por ejemplo, las olivas pueden convertirse en **ARAÑAS**, o en los ojos de un **MONSTRUO** espantoso.

4 Pídele ayuda a un adulto para hornear las MINIPIZZAS a 200 °C, unos 8 minutos. Luego sácalas, añádeles unas tiras de QUESO como si fueran las vendas de una momia y hornéalas unos pocos minutos más.

¡BUEN PROVECHO!

TODOS AL MONSTER PARK

Los días de fiesta, los monstruos se reúnen en el **MONSTER PARK**. Geronimo y yo también fuimos.

VISCOSO EL GRAN GUSANO

A bordo de Viscoso el Gran Gusano, la diversión está **GARANTIZADA**.

Subimos en un periquete, nos colocamos en los asientos, nos atamos a las **ESCAMAS** y...

¡EN MARCHA!

Viscoso salió disparado, contoneando el **CUERPO** en espirales escalofriantes.

LOS MONSTRUOS DE CHOQUE

La atracción funciona como unos autos de choque normales, sólo que los monstruos de choque son indisciplinados y no obedecen las **ÓRDENES**. A menudo discuten entre ellos, salen de la pista a tomarse un **TENTEMPIÉ**, o se duermen en plena atracción.

LA MONSTRUNORIA PANORÁMICA

Por último, dimos una **VUELTA** en la Monstrunoria Panorámica. Desde arriba se **VE** todo el Valle Hórrido. ¡Es monstruosamente **ROMÁNTICO**!

BROMAS MONSTRUÍTICAS

Los monstruos son grandes burlones. Les encanta JUGAR y gastar nuevas BROMAS para reír y divertirse en compañía. Aquí tienes un juego para animar cualquier fiesta: el horripilante...

¡TÚNEL DEL MIEDO!

Elige con algunos amigos una habitación donde preparar el *RECORRIDO*. Los invitados tienen que entrar de uno en uno, a OSCURAS, y deben experimentar:

1 EL ALIENTO DEL MONSTRUO

Con dos secadores encendidos, uno a cada lado, sorprended al invitado con una corriente de aire caliente, como el aliento de un monstruo.

2 LAS CARICIAS MONSTRUÍTICAS

Para imitar el tacto de los monstruos, utilizad plumeros de quitar el polvo.

3 EL ATAQUE DE LAS ARAÑAS BAILARINAS

Haced que el invitado se «muera» de risa con una sesión de cosquillas en masa.

4 LA BARRIGA DEL MONSTRUO

Por último, para salir de la habitación, el invitado tendrá que buscar la llave en un recipiente lleno de gelatina comestible.

No olvides poner una bonita *MÚSICA* de película de terror. ¡Escalofríos garantizados!

ROMPECABEZAS... ¡DE MIEDO!

A los monstruos también les gustan un montón los **PASATIEMPOS**. Geronimo y yo nos divertíamos mucho resolviéndolos. ¡Ahora te toca a ti!

ANAGRAMAS MONSTRUÍTICOS

Estas frases ocultan los nombres de 5 monstruos. Para descubrirlos, cambia el orden de las letras de las palabras en **negrita**.

1. La **ronda** de **Rodolf**
2. No **tosa,** mientras **leo**
3. Devuélveme la **seda,** no **seas pillo**
4. **Ni llamo,** ni pienso ir
5. **Penoso si** vas, lastimoso si no vas

Soluciones: 1. Rodolfandro; 2. Aletoso; 3. Pesadillus; 4. Monilla; 5. Espinoso.

DULCES DIFERENCIAS

El chef Calígula Panzón ha preparado dos tartas para el cumpleaños de las gemelas Batirelas. Tendrían que haber sido idénticas, pero el chef ha cometido algunos errores. ¿Sabrías encontrar las cuatro diferencias entre las dos tartas?

Soluciones: 1. El número de calaveras en el primer piso; 2. El lazo violeta; 3. Los adornos del segundo piso; 4. La flor de arriba.

LAS SOMBRAS

Búrpolo es un mago del ordenador, y quiso poner a prueba la capacidad de observación de Geronimo. Para ello, creó 3 sombras erróneas de la monstrua Cordelia Seisbrazos, y las mezcló con la sombra correcta. ¿Y tú, sabrías encontrarla?

Solución: la sombra correcta es la n.º 4.

LA PALABRA MISTERIOSA

La palabra misteriosa de la derecha está relacionada con las 3 palabras de la izquierda. Para ayudarte, Monilla ha escrito la primera letra de la palabra que debes averiguar.

ALETA
ESCAMA — P ___ ___
RASPA

JEROGLÍFICO

Cuando Geronimo y yo nos tropezamos con una especie de moho desconocido (bautizado como *Ieronimus Pestilentis* en su honor), mi amigo dijo:

Es peor que encontrarse una

en la

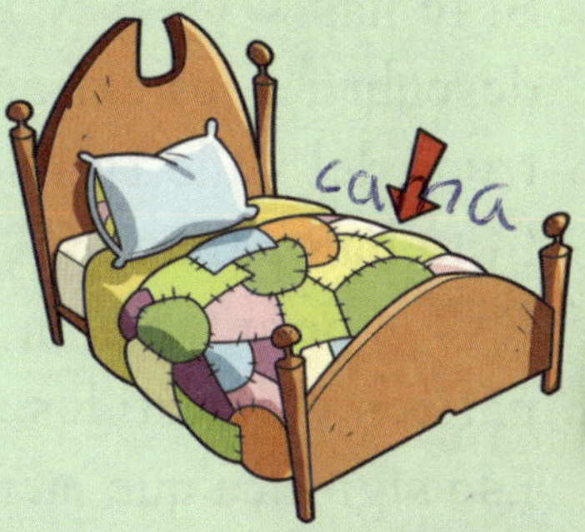

Si has resuelto al menos 3 juegos, estás listo para ir a los Pasatiempos Olímpicos del Abismo Monstruítico.

Solución: la palabra misteriosa es *pez*; *Solución del jeroglífico:* Es peor que encontrarse una *rana* en la *cama*

UNA AMISTAD A PRUEBA DE MIEDO

El VIAJE al Valle Hórrido ha llegado a su fin.

Si tu SUEÑO es pasar un día con Búrpolo y Monilla Pampapó...

Si has cruzado el Túnel del Miedo...

Si te apetece CENAR en el restaurante El Tallarín Monstruoso...

Si aceptas que te pongan una mascarilla de monstrueza en el salón Cola Reluciente...

Si te has DIVERTIDO al descubrir a los extraños monstruos del Valle Hórrido...

Si te han parecido RAROS, pero también simpáticos y divertidos...

Eso significa que mereces el DIPLOMA oficial de Mejor Amigo/a de los Monstruos.

DIPLOMA

Los monstruos del Valle Hórrido, reunidos en la Monstruosa Asamblea Monstruítica,

nombran a ....

Mejor Amigo/a de los Monstruos

¡PEGA AQUÍ TU FOTO!

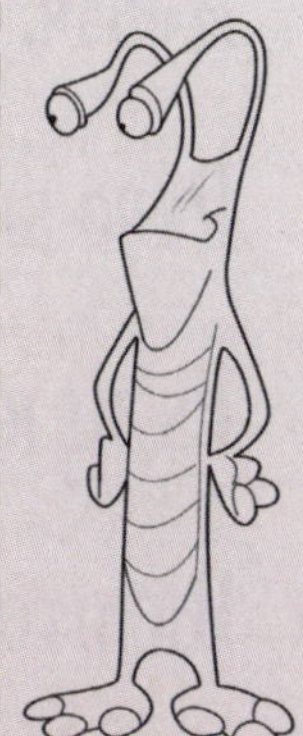

Has obtenido este diploma por haber demostrado tu:

- Curiosidad
- Simpatía
- Habilidad al resolver los pasatiempos monstruíticos

¡ENHORABUENA!

Índice

Una aventura increíble 7

***

Hogar, espectral hogar 16

Pero si es... ¡Bichito! 23

Es mejor no asustarlo 29

Bichito, tienes que ser mío 34

Estoy bal. Enfedmísimo 38

La llamarada de Bichito 47

Cuidado con el Yeti 52

El cruce del Aliento Fétido 60

El Árbol Sirena 68

Fangosauro y Fangosillo 76

Bienvenidos a Lodicia 82

El proceso 91

¿Los Tenebrax? 96

¡Todos tras él! 101

¡Goooool! 107

¡Estofado para todos! 112

* * *

¡Qué hambre! 117

* * *

La monstruoguía del Valle Hórrido 121

1. Monte del Yeti Pelado
2. Castillo de la Calavera
3. Árbol de la Discordia
4. Palacio Rattenbaum
5. Humo Vertiginoso
6. Puente del Paso Peligroso
7. Villa Shakespeare
8. Pantano Fangoso
9. Carretera del Gigante
10. Lugubria
11. Academia de las Artes del Miedo
12. Estudios de Horrywood

VALLE MISTERIOSO
8
9
7
10
HORRYWOOD
12
11

1
2
3
4
5
6
7
8
9
10
11
12
13
14
15
16
17
18
19

CASTILLO DE LA CALAVERA

1. Foso lodoso
2. Puente levadizo
3. Portón de entrada
4. Sótano mohoso
5. Portón con vistas al foso
6. Biblioteca polvorienta
7. Dormitorio de los invitados no deseados
8. Sala de las Momias
9. Torreta de vigilancia
10. Escalinata crujiente
11. Salón de banquetes
12. Garaje para los carros fúnebres de época
13. Torre encantada
14. Jardín de plantas carnívoras
15. Cocina fétida
16. Piscina de cocodrilos y pecera de pirañas
17. Habitación de Tenebrosa
18. Torre de las tarántulas
19. Torre de los murciélagos con artilugios antiguos

Geronimo Stilton

Marca en la casilla correspondiente los títulos que tienes de todas las colecciones de Geronimo Stilton:

Colección Geronimo Stilton

- ❒ 1. Mi nombre es Stilton, Geronimo Stilton
- ❒ 2. En busca de la maravilla perdida
- ❒ 3. El misterioso manuscrito de Nostrarratus
- ❒ 4. El castillo de Roca Tacaña
- ❒ 5. Un disparatado viaje a Ratikistán
- ❒ 6. La carrera más loca del mundo
- ❒ 7. La sonrisa de Mona Ratisa
- ❒ 8. El galeón de los gatos piratas
- ❒ 9. ¡Quita esas patas, Caraqueso!
- ❒ 10. El misterio del tesoro desaparecido
- ❒ 11. Cuatro ratones en la Selva Negra
- ❒ 12. El fantasma del metro
- ❒ 13. El amor es como el queso
- ❒ 14. El castillo de Zampachicha Miaumiau
- ❒ 15. ¡Agarraos los bigotes... que llega Ratigoni!
- ❒ 16. Tras la pista del yeti
- ❒ 17. El misterio de la pirámide de queso
- ❒ 18. El secreto de la familia Tenebrax
- ❒ 19. ¿Querías vacaciones, Stilton?
- ❒ 20. Un ratón educado no se tira ratopedos
- ❒ 21. ¿Quién ha raptado a Lánguida?
- ❒ 22. El extraño caso de la Rata Apestosa
- ❒ 23. ¡Tontorratón quien llegue el último!
- ❒ 24. ¡Qué vacaciones tan superratónicas!
- ❒ 25. Halloween... ¡qué miedo!
- ❒ 26. ¡Menudo canguelo en el Kilimanjaro!
- ❒ 27. Cuatro ratones en el Salvaje Oeste
- ❒ 28. Los mejores juegos para tus vacaciones
- ❒ 29. El extraño caso de la noche de Halloween
- ❒ 30. ¡Es Navidad, Stilton!
- ❒ 31. El extraño caso del Calamar Gigante
- ❒ 32. ¡Por mil quesos de bola... he ganado la lotorratón!
- ❒ 33. El misterio del ojo de esmeralda
- ❒ 34. El libro de los juegos de viaje
- ❒ 35. ¡Un superratónico día... de campeonato!
- ❒ 36. El misterioso ladrón de quesos
- ❒ 37. ¡Ya te daré yo karate!
- ❒ 38. Un granizado de moscas para el conde
- ❒ 39. El extraño caso del Volcán Apestoso
- ❒ 40. Salvemos a la ballena blanca
- ❒ 41. La momia sin nombre
- ❒ 42. La isla del tesoro fantasma
- ❒ 43. Agente secreto Cero Cero Ka
- ❒ 44. El valle de los esqueletos gigantes
- ❒ 45. El maratón más loco
- ❒ 46. La excursión a las cataratas del Niágara
- ❒ 47. El misterioso caso de los Juegos Olímpicos
- ❒ 48. El Templo del Rubí de Fuego
- ❒ 49. El extraño caso del tiramisú
- ❒ 50. El secreto del lago desaparecido
- ❒ 51. El misterio de los elfos
- ❒ 52. ¡No soy un superratón!
- ❒ 53. El robo del diamante gigante
- ❒ 54. ¡A las ocho en punto... clase de quesos!

Libros especiales

- ❒ En el Reino de la Fantasía
- ❒ Regreso al Reino de la Fantasía
- ❒ Tercer viaje al Reino de la Fantasía
- ❒ Cuarto viaje al Reino de la Fantasía
- ❒ Quinto viaje al Reino de la Fantasía
- ❒ Sexto viaje al Reino de la Fantasía
- ❒ Séptimo viaje al Reino de la Fantasía
- ❒ Octavo viaje al Reino de la Fantasía
- ❒ Viaje en el Tiempo
- ❒ Viaje en el Tiempo 2
- ❒ Viaje en el Tiempo 3
- ❒ Viaje en el Tiempo 4
- ❒ Viaje en el Tiempo 5
- ❒ La gran invasión de Ratonia
- ❒ El secreto del valor

Grandes historias

- ❒ La isla del tesoro
- ❒ La vuelta al mundo en 80 días
- ❒ Las aventuras de Ulises
- ❒ Mujercitas
- ❒ El libro de la selva
- ❒ Robin Hood
- ❒ La llamada de la Selva
- ❒ Las aventuras del rey Arturo
- ❒ Los tres mosqueteros
- ❒ Tom Sawyer
- ❒ Los mejores cuentos de los Hermanos Grimm
- ❒ Peter Pan
- ❒ Las aventuras de Marco Polo
- ❒ Los viajes de Gulliver

Superhéroes

- ❒ 1. Los defensores de Muskrat City
- ❒ 2. La invasión de los monstruos gigantes
- ❒ 3. El asalto de los grillotopos
- ❒ 4. Supermetomentodo contra los tres terribles
- ❒ 5. La trampa de los superdinosaurios
- ❒ 6. El misterio del traje amarillo
- ❒ 7. Las abominables Ratas de las Nieves
- ❒ 8. ¡Alarma, fétidos en acción!
- ❒ 9. Supermetomentodo y la piedra lunar
- ❒ 10. Algo huele a podrido en Putrefactum
- ❒ 11. Venganza del pasado

Cómic Geronimo Stilton

- ❒ 1. El descubrimiento de América
- ❒ 2. La estafa del Coliseo
- ❒ 3. El secreto de la Esfinge
- ❒ 4. La era glacial
- ❒ 5. Tras los pasos de Marco Polo
- ❒ 6. ¿Quién ha robado la Mona Lisa?
- ❒ 7. Dinosaurios en acción
- ❒ 8. La extraña máquina de libros
- ❒ 9. ¡Tócala otra vez, Mozart!
- ❒ 10. Stilton en los Juegos Olímpicos
- ❒ 11. El primer samurái
- ❒ 12. El misterio de la Torre Eiffel
- ❒ 13. El tren más rápido del Oeste
- ❒ 14. Un ratón en la luna
- ❒ 15. Uno para todos y todos para Stilton

Los prehistorratones

- ❒ 1. ¡Quita las zarpas de la piedra de fuego!
- ❒ 2. ¡Vigilad las colas, caen meteoritos!
- ❒ 3. ¡Por mil mamuts, se me congela la cola!
- ❒ 4. ¡Estás de lava hasta el cuello, Stiltonut!
- ❒ 5. ¡Se me ha roto el trotosaurio!
- ❒ 6. ¡Por mil huesecillos, cómo pesa el brontosaurio!
- ❒ 7. ¡Dinosaurio dormilón no atrapa ratón!

Tenebrosa Tenebrax

- ❒ 1. Trece fantasmas para Tenebrosa
- ❒ 2. El misterio del castillo de la calavera
- ❒ 3. El tesoro del pirata fantasma
- ❒ 4. ¡Salvemos al vampiro!
- ❒ 5. El rap del miedo
- ❒ 6. Una maleta llena de fantasmas
- ❒ 7. Escalofríos en la montaña rusa

Especial

El tenebroso libro de los monstruos

Queridos amigos y amigas roedores, ¡hasta el próximo libro!

Este libro no se puede vender sin este comprobante

PRUEBA DE COMPRA

TENEBROSA TENEBRAX

«EL TENEBROSO LIBRO DE LOS MONSTRUOS»